新しいゲーム始めました。
WE'VE STARTED A NEW GAME.
《～使命もないのに最強です？～》
6
TOブックス
じゃがバター
ILLUST. 塩部縁
Presented by Jaga Butter
Illustration by Enishi Shiobe

CHARACTERS

WE'VE STARTED A NEW GAME.
Presented by Jaga Butter
Illustration by Enishi Shiobe

シン

LV. 32 RANK ▸ D

職業　魔拳士／鍛冶士

HP ▸ 1106　MP ▸ 966　STR ▸ 107　VIT ▸ 35　INT ▸ 23
MID ▸ 11　DEX ▸ 12　AGI ▸ 53　LUK ▸ 14

ホムラの友人でネトゲ仲間。脳筋、目の前に敵がいればとりあえず殴る。レオと時々行動がかぶって二垢と言われることもしばしば。仕事は残業が多目。

ホムラ

LV. 38 RANK ▸ D

職業　魔法剣士／薬士(暗殺者)

HP ▸ 1408　MP ▸ 1887　STR ▸ 101　VIT ▸ 55　INT ▸ 205
MID ▸ 67　DEX ▸ 67　AGI ▸ 111　LUK ▸ 119

主人公。感覚はいたって普通なつもりなマイペース。生産用の名前としてレンガードをつける。得意技は立つフラグを無視して、まだ立たないはずのフラグを回収すること。仕事が不規則で友人たちと時間が合わないことが多く、ソロが多い。のんびりした性格の割には、魔物との戦闘は好き。

菊姫

LV. 32 RANK ▸ D

職業　戦士／裁縫士

HP ▸ 1481　MP ▸ 920　STR ▸ 108　VIT ▸ 64　INT ▸ 16
MID ▸ 15　DEX ▸ 15　AGI ▸ 23　LUK ▸ 14

ホムラの友人でネトゲ仲間。剣士、後、戦士。小さいキャラ+でっかい武器でどっかんどっかんするのが好き。朝出勤、夕方上がりの勤め人。

LV.33 RANK▸D ペテロ
職業 密偵／鍛冶士（暗殺者）
※HP▸1044 ※MP▸1159 ※STR▸16 ※VIT▸14 ※INT▸38
※MID▸14 ※DEX▸109 ※AGI▸131 ※LUK▸14
ホムラのネトゲ仲間。キャラなりきり縛りプレイが好き、爽やかにひどい。ホムラよりさらに仕事が不規則。
LV.33 RANK▸D お茶漬
職業 聖法使い／鍛冶士
※HP▸1003 ※MP▸1294 ※STR▸20 ※VIT▸32 ※INT▸49
※MID▸173 ※DEX▸13 ※AGI▸39 ※LUK▸14
ホムラの友人でネトゲ仲間。要領よくゲームを進め、金を稼ぐタイプ。自営なので長時間いる。昼間は他の友人と遊ぶか生産に当てている。
LV.32 RANK▸D レオ
職業 密偵／鍛冶士
※HP▸1001 ※MP▸1018 ※STR▸15 ※VIT▸15 ※INT▸15
※MID▸19 ※DEX▸86 ※AGI▸153 ※LUK▸14
ホムラの友人でネトゲ仲間。そのとき興味があるものにすぐ手をだすため、行動とスキル構成が謎。釣り好き。朝出勤、夕方上がりの勤め人。ただ夜は睡魔に負けて1時が限界。

D A NEW GAME.

PART6—CONTENTS ▸▸▸ 目次

WE'VE STARTE

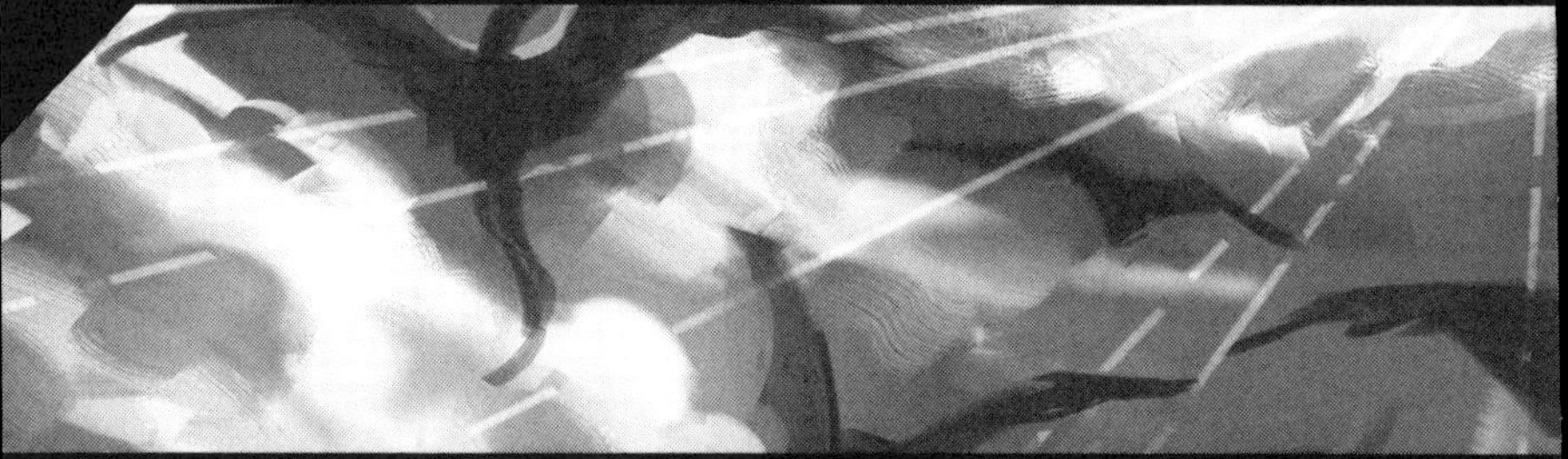

一　島探しと建築材

カルが、神殿から通うラピスとノエルの二人を馬車の停留所に迎えに行っている。

『雑貨屋』の開店は午後から。幼い二人は昼食を食べてから仕事を始めてもらい、夕食を食べてから神殿に帰す。午前中は神殿で学び、同じ年頃の子どもとの交流をしている……はず。

メニューはビーフシチュースパゲッティならぬ、ブループシチュースパゲッティ。サラダとオレンジ。ブループはセカンの周辺に出る牛の魔物だ。

食後のデザートとは別に、おやつに食べられるよういちごのショートケーキ。これは従業員さんも開けられる設定にした一階の棚につっこんでおこう。忙しくて食べられないかもだが。

甘いものの摂りすぎは中毒になるが、脳の成長著しい時期は糖分を摂ったほうがいいのだろうし、なかなか難しいな。

……ところで、昨日棚に入れておいた甘いものが殲滅されているんだが、犯人はどっちだ？　大人は自己責任でお願いしたい。

レーノは椅子に座って本を読んでいる。シッポの先が時々動くので面白いのだろう。種族の違いはあるが、静かで品行方正。――酔っ払った時の記憶は、綺麗さっぱり消えるタイプだったことを付け加えておく。

深皿に盛ったスパゲッティに、ブループシチューをたっぷりかけて。フォークで崩せるくらいとろとろになった肉、じゃがいもは表面が少し溶ける程度、玉ねぎはかろうじて残る程度に溶けかけ。

さて、人参嫌いなお子様はいるかな？

あ、獣人の食物に関しては運営から返事はまだだが、宿屋の亭主に聞いたら犬猫じゃないんだから人間と内臓の作りは一緒とのこと。ただベースとなる動物で嗜好の違いはあるそうだ。

リン、リーンとドアベルが鳴り三人が帰ってくる。狭い店舗なので音は大きくない。ベルの音は好みで選んだ。レーノが迎えに顔を出し、私は皿を並べる。

「「マスター、今日もよろしくお願いします」」

ラピスとノエルが笑顔で挨拶してくる。

「こちらこそよろしく。手を洗って食事にしようか？」

「もう外に客がいますよ」

ぶっ！　カルの報告に脳内で噴く。

混雑は、開店祝いの引出物のある日だけだと思ったのに……。

「まあ、開店時間は決めてあるし、急ぐこともない。ゆっくり食べようか」

隣の店の人がログインして来たら、ちょっと挨拶しておこうか。

パーティー会話やクラン会話のおかげで、子音抜きの声は聞こえてくるが、話す相手のいるエリアが離れていれば、周囲に対しては無音。メニューで無音を選ぶこともできるし、現実世界の行列よりは騒がしくない、はず。並んでいる者同士仲良くなって、普通に話している人もいるが。どちらにしても行列は物理的に邪魔だろうし、先に謝っておこう。

さて、それは置いておいて飯だ。

「マスター、美味しいです」

そう言って、少しずつ嬉しそうに食べるノエル。

その隣でうぐうぐと口の周りにソースをつけながら一生懸命食べるラピス。

お子様二人の分は、大人二人より少し小ぶりの皿で出している。ラピスは食欲旺盛のようだし、大人と同じ皿でもいいかな？　獣人には良く食べる個体も多いと、これも宿屋の亭主から聞いた。

「肉が大きめで、ほろりと崩れるのがいいですね」

「主の料理は絶品です」

何が入っているか観察しながら、一つ一つ味を確認するように食べるレーノ。

口をつける前にレーノの皿に移し損ねた人参を発見し、一瞬身を引くカル。

おい、大人。しっかり！

「デザートは、枇杷のタルトとミルクシャーベットだ」

枇杷のコンポートとカスタードのミニタルトを一つずつ。

ミルクシャーベットを添えたのは、シチュースパゲッティを食べて少々暑くなったので、私が欲しくなった。パスタに絡むシチューは濃厚で美味しいけれど、口の中をさっぱりして切り替えたいのもある。

「……」

嬉しそうに食べる子供二人。

「……」

一口でいくレーノ。

「……」

やたら幸せそうに食べるカル。

全員花でも飛ばしそうな顔をしているので、料理の作りがいがある。

食後のお茶を飲みながら、厚紙の表に「最後尾」裏に「販売物・一日の販売個数・購入個数制限」を記入。今後も行列が続くようなら、裏面だけ張り替えられるようなプレートを、木工士に作ってもらおう。

作り終えたところで、開店時間。

厚紙は、開店前に並んでいる先頭の人に渡して、販売物の確認をしたら後ろに回してもらうようお願いした。カルが。

私が出ようとしたら、混乱するからとカルと他三人にまで禁止されたわけよ。

販売制限などの不満から最初は絡まれるかもしれないが、そのうち日常風景としてスルーされるようになると思うのだが。

しかし、誰とは言わないが、人参食えないくせに私より人あしらいははるかに長けているので、おとなしく従います。私的にもそのほうが楽だしな。ただ三人が忙しそうにしているのを見ると、私だけ何もしないことが悪い気がしてそわそわする。

ラピスとノエルがカウンターで手際よく客を捌く。個数制限や開店時間の短さに文句を言う客もなく、トラブルもなさそうだ。

「主、販売開始後も何事もありません。こちらはお任せください」

外で客の列を捌いていたカルが店内に戻り、にこやかに言う。

お言葉に甘えて、出かけるとしよう。いよいよ島探しです、島探し。


と、いうわけでやってきました海上。

レーノに乗って。

うん、ドラゴン型になれるならなれると言ってほしかった。翼をはためかせるときの上下の揺れはあるけれど、人型の時より快適です。

バハムートと違って外殻というより皮だな。つるりとした流線形を損なわないしなやかな皮。濡れたら大変滑りそうなので気をつけよう。

飛行は半日しか持たないそうで、半日飛んだら半日人型で休み、そして大量に食べなくてはならない、と。

ハンバーグ何個分だ？　と、聞けば、食物でなく『風の属性石』か、その上位の『魔法石』だという。今の所パルティンに持たされたものがあるので、心配しなくていいと言われたが。

『風の属性石』は他の生産に使うから手をつけたくない。【錬金】で、宝石に【風魔法】をこめればいけるのか？　その場合、使うのは放置していた『エンチャント』だろうか？　風属性と相性のいい宝石ってなんだ？

あまり乗り心地がいいとはいえないレーノの上で考える。うん、クリスティーナに紹介してもらったアイルの店で聞くのが確実だな。今は島のことを考えよう。

サウロイェル大陸　主に人間族が住む大陸
サウロウェイ大陸　主に魔族が住む大陸
ノルグイェル大陸　主にエルフ族が住む大陸
ノルグウェイ大陸　主にドワーフ族が住む大陸

この世界は大体こんな感じ。北西にドワーフ、北東にエルフ、南西に魔族、南東に人間だ。大陸同士の真ん中には『爆心地』と呼ばれる昔神々が争った跡が残る。この争いで大陸は四つに割れたという伝説がある。実際そこには黒々とした海しかない。

ノルグイェル大陸とノルグウェイ大陸は大きいが、北側は氷土に覆われているそうなので、そちら側は却下。

好んで海に出るのは人間だ。その人間が海に出るのは主に交易のため、交易相手はエルフ、ドワーフ。そういうわけで方向的に交易ルートに被りそうなところは却下。

魔族側の海域には、人魚や海人の生息域があるとのこと。テリトリー争いになったら面倒なのでこっちも却下。

レーノに無駄に飛んでもらうのもなんなので、事前に話し合い、消去法でサウロイェル大陸、主に人間族が住む大陸の南東に来ている。あんまり飛びすぎると一周して寒いところに出てしまうので大陸から離れるのもほどほどに。

結構範囲を絞ってから来たのだが、それでも半日で見つかるかどうか。

「とりあえず海の底が見えるような島でお願いします」

底の見えない水の中って、何がいるかわからんので若干怖い私がここに。どんなところがいいか調べたときに、うっかり海の怖い映像まとめを見てしまったのが敗因。

「とりあえず飛んでそれらしいところを探しましょうか」

探索したところが埋まる【地図】が大活躍、なければ大海原で島を見つけるどころか、方向を見失うところだ。レーノは平気なようだが。流石飛べる人！

私もスキルはあるが、ＥＰ的に長時間は無理だ。いや、わんこ蕎麦のように食べ続ければ行けるか？　レーノの上に零しそうだが。

すぐに幾つかの島を見つけたけれど、水がないため却下。小さすぎる島は井戸を掘っても出てくるのは海水だろう。かといって陸に近すぎるのもよろしくない。

花崗岩は風化すると白っぽい真砂になる。浜の真砂は尽きるとも世に盗人の種は尽きまじ〜の真砂だ。白い砂浜というのは大体この真砂か、珊瑚が砕けてできた、更に白い石灰の白。黒い砂浜は主に溶岩が砕けたものが多く堆積しているからだったはず。このあたりの砂浜は総じて真っ白だ。

珊瑚が堆積してできた島とかかね？

そうするとなかなか条件が厳しいかもしれん。気長に行こう。

「レーノ、これ海からでかい肉食魚とかが口開けてガバ――――ッて、出てきたらどうする？」

「そんな大きなのは深いところにいますから、空を飛んでいる分には出てきませんよ」

怖がるかと思ったら、しれっと答えて相手にしてくれないレーノ。

ちょっと待て。本当にいるの⁉

いや、大丈夫。気配察知に引っかかっていない。小さな気配はいくつかあるが、大きいのは無い。本当にいるなら大丈夫。この世界では、本当に出てきたら倒すか死に戻りで神殿へ行くだけなのだから、なんということはないのだ。いや、レーノには逃げてもらわねば困るが。

「実際いる方が怖くないなんて変な人ですね」

「想像の方は際限なく凶悪になっていくからな」

案ずるより産むが易しとはこのことか。なんか違う気もするけど。

それにしても器用に喋るな～と思ったら、【念話】の応用で話している様に見えるだけらしい。流石にドラゴンの口では、人の言語の発音は難しいそうだ。本来ドラゴンは人の聞き分けられない音階の差からなる言語で話しているそうだ。シューシューガオガオ言うのだろうか。

そんなこんなで見つけた、水のあるそこそこ広い島。

遠い昔噴火したカルデラでもあるのか、外周がほぼ崖。上から見なければ中の様子がわからない。

外周の崖に一箇所亀裂があり、波に浸食されたのか真っ白い砂浜とコバルトブルーの入江。絵に描いたような綺麗な海賊島。いや、海賊はいなかったが、個人の感想です。

人型に戻ったレーノと島を歩く。

入江の付近は、ひょろひょろとした南国の木だったのに、奥に分入れば普通に森だった。どういう植生なのか楢《ナラ》とコルクのオークの森だ。秋にはどんぐりがたくさん落ちそう。——などと思っていたら、メタルジャケットボアという猪が突進してきた。

あら、おいしそう。

私が剣を抜く前にレーノが槍で仕留めていた。水を纏った黒い三叉の槍。海神のトライデントっぽいと思ったが、出ているのは真水だという。

ボア以外は全てノンアクティブのようで「妖精花」「青虫芋虫」「羽兎」「眠りテグー」、結構色々なモンスターがいるのに襲ってこない。レベルは50から54とお高め。

「水場もありますし、地形的にもいいと思いますがどうでしょう？」

「都合のいい地形だし、入江も森も綺麗だな。ノンアクティブばかりなのが気になるが」

白い砂浜に透明な青い海、それでいて広葉樹の綺麗な森がある。適当に生成した島ではなく、何かイベントのために作り込まれてないか？

「基本魔獣系は、肉食や同族食いでない限り同じ獣系は襲いません。ミスティフに危害を加えそうにない敵ばかりでいいことだと思います」

レーノが辺りを見回して言う。

なるほど、先ほどのメタルジャケットボアはミスティフには無害か。

「そうだな。だがちょっと、夜になってこいつらが襲ってこないか確認してから決定しようか」

「ああ、それもそうですね。夜に凶暴化する魔物は多いです。夜を待つ間、他も探してみますか？」

「その前に休憩を兼ねて、さっきのメタルジャケットボアを食べてみよう」

パーティー組んでるのでドロップがでますね、肉と牙が来ている。

ドングリを食べている気がするボアさんはどんな味か。生ハムを作るべき？　イベリア半島の豚だからイベリコ豚君、この島のメタルジャケットボアは何になるんだろうか。

猪の雄って、発情期では雌争いのタックル用に脂肪が鎧のように硬くなって不味いと聞くが、もともと硬そうなメタルジャケットボアさんはどうなのか。

そういえばレーノも槍で刺すのではなく柄の方で殴っていたし、斬撃よりも打撃で鎧の中を揺らす系の攻撃が効くのかな？

「よくこの硬いメタルジャケットボアを捌けますね」

ちょっとレーノに驚かれた。

ある程度部位別にドロップしているんだが、やはり脂肪部分が硬くなっている模様。脂肪のかたまりとサシの入った綺麗な肉とに分離、肉に絡んだサシも同じ脂なだけあって薄くおろすとしゃりしゃりいうくらい硬いが、柔らかい赤身と混じっていてもスラスラ切れる包丁最強。

……やっぱりルシャの包丁って、ドラゴン捌けただけあって切れ味がですね、斬れ味と書き直したくなるような何か。あれです、通販番組の熟れたトマトを薄切りする包丁なんか目じゃないね！

脂を切っても表面が綺麗なままだし！

割り下で薄切りにした肉を二、三枚茹でる。チシャというサニーレタスとサンチュの合いの子のような葉野菜を巻いて、まずちょっと味見である。

「うわあぁ……」

「おお！　いいなこれ」

湯につけるとあっという間に色が変わり、硬かった脂が熱に溶けて肉も溶ける勢いで柔らかく、そして甘い。舌に残るが嫌な残り方ではないし、チシャのかすかな苦味がまた味を引き立てる。口に入れ噛むまでの一瞬のチシャの冷たさ、チシャを破って現れる肉の味と温かさ。豚肉とも違う何か。神々の用意した肉を除けばダントツの美味さである。

どんな料理に合うかまずは味見、と思ったのにもうこの肉はこの食べ方でいい気がしてきた。

レーノとしばし堪能いたしました。

「もうここでいいんじゃないですかね？」

「私もそんな気がしてきた」

レーノが料理の礼にと、メタルジャケットボアを何頭か狩ってくれた。はたから見て大人気ないくらい本気だった。また作れってことですね？

まあ、時間もあるし夜に出る敵がやばかったら困るので、一応夕方まで他の島も探してみた。だが、メタルジャケットボアの島ほど良いと思える島はなかった。

「あれか、畑作ったらメタルジャケットボア対策しなきゃいかんのかな？　兎も荒らしに掛かると思うか？」

「別にここに作っても構いませんが、冒険者の畑って、普通は家に付随して買うものじゃないんですか？」

はい？

レーノが何かニュアンスの違うことを言い出したぞ？　いや、待て、私が忘れているだけだ、庭の話は聞いたことがある。

この世界、土地には二種類ある。一つは実際の土地、これはまあ普通だ。二つ目は、ハウスやクランハウスのオプションとして買える土地。具体的に言うと、ハウスに別な空間への扉がつけられるそうな。とてもゲーム的な、本人と許可を出した者しか入れないパーソナルスペースだ。

畑は他人が入れず、魔物がでない『箱庭』に作ることが一般的で、うまくすれば精霊や妖精がやってきて畑の世話をしてくれるそうだ。

この『箱庭』は、建物がないと出入りができないのだが、引っ越ししても新しい建物に出入り口を設定できる。

高い予感しかしないが、聞いたら『箱庭』が欲しくなる。だがしかし、先に家なわけだが。

日が暮れても特にノンアクティブがアクティブに変わることもなく。メタルジャケットボアの強化と数増しだけで、それもレーノの槍の餌食になるだけだった。

「戻りましょうか。あの獣人姉弟、きっとあなたに会いたいと思ってますよ。今戻ればまだデザートを食べてるんじゃないですかね？」

「レーノ……」

棚の甘いもの殲滅犯は貴様か！

【転移】で帰るとレーノの言う通り、ちょうどショートケーキが並べられたところだった。

黒いもっふもふなしっぽと、ほしょっとした白いしっぽがふりふりと。おかえりなさいを三人分もらって席に着く。紅茶だけはなんとか淹れられるんです、というカルが私とレーノの分のお茶も用意してくれた。

「何か問題はあったか？」

「ありません。何人かマスターの事を聞いてきた方がいましたが、カルさんが穏便に対処してくれました」

「ラピス、買い物以外の話は聞いていないし、憶えてない」

「昨日と同じく今日も凄い人でした。列の途中で帰っていただいた方もいましたよ」

今日も大分忙しかったようだ。

「お疲れ様」

ここでラピスとノエルの頭を撫でたい衝動がですね。

だが「お手伝い」ではなく出たきり店主の私の代わりに、店員としてしっかり働いてくれる二人を果たして撫でていいものか。三人同じ評価で労うとしてカルを撫でるのは無いだろう？

子供扱いしていいのか逡巡したが、欲望に負けて撫でた。耳！　耳がむにっと、猫ともはんぺんとも違う独特な手触り。主に耳だけ触りたい。しっぽをもふる欲望には、今のところ勝ってるのを褒めてほしい。

幸いな事に撫でられることは嫌ではなかったらしく、ラピスは撫でられた頭を押さえてへへへと笑い、ノエルには顔をそらされたが、少し顔が赤いし口角が上がっているのが見えるので、照れているだけだろう。

五人でショートケーキを食べる。

微かにミルクの匂いを残す生クリーム、艶々と輝く真っ赤な苺。

次回はカットしないでホールにしてもいいかもしれん。沢山食べるから、という理由だがニュアンスが違う。正確には、ワンホールに「制限」した方がいいかもしれん、だ。

大丈夫ですか、『水竜人』と『湖の騎士』？　筋肉より脂肪は水に浮くとか言いださないだろうな、おい？　ノエルの尻尾がそっと毛羽立ってるんですが。お子さんにドンびかれてますよ！　大人二人！

犯人は一人とは限らない。棚の甘味が一晩で消えた事件は複数犯だった模様。

「こう、健康面が心配になってくるのだが」

「同感です。マスター、お菓子は鍵のついた倉庫に入れておいた方がいいかもしれません」

異邦人《プレイヤー》は食事が偏っても平気だが、住人はどうなんだこれ。ノエルの反応をみると、住人には甘味の取りすぎは良くなさそうだが。

あれ、異邦人平気だよな？　平気だと思って食べてきたけれど、実はバッドステータスが用意されていたりしないよな？……不安になってきた。

ちなみにラピスは周りを気にせず平常運転で、ほっぺたにクリームをつけながらむぐむぐと嬉しそうに自分の分のケーキをほおばっている。

カルとレーノは残り一つのショートケーキを巡ってジャンケンを始めた。

「大人気ないからラピスかノエルに譲れ」

そう言うと、二人の中の天秤がほんのちょっとケーキより大人の威厳みたいなものに傾いたらしく、ジャンケンの手を止める。

「いえ、僕はもう……」

「ラピス、もうおなかいっぱいー」

ジャンケンが再開した！


馬車の時間が近づきラピスとノエル、二人を送ってカルが店を出る。

別れ際、ラピスが黒い髪の頭を突き出してきたので何かと思えば、撫でろということらしい。ひとしきり撫でて、姉を撫でて弟を撫でないというのもなんなのでノエルも撫でる。

静かになった店で、倉庫を確認すると昨日と同じく二千四百万シルほど入っていた。

昨日と販売物替わっとらんし、販売数もかわっとらん。食い物分の値段の違いが多少上下するくらいだ。

新規開店の物珍しさが終わるまでは、日々この金額が入ってくるのだろうか……。なんだろう、一回りしてただの数字だ。そう思ったら、とたんに会社の書類を思い出してちょっとげんなりする。

「商売繁盛じゃなかったんですか？」

私がげんなりしたのを気にしたのかレーノが聞いてくる。

「昨日と同じくけっこうな売り上げだな。二人の給与に反映させたいところだが、神殿の他の孤児との兼ね合いもあるし、あの歳でけっこうな額持たせるのも金の使い方を間違えそうだし。どうしようかと」

現実世界の話をするのもなんなので話題をすり替える。

「まだ二日目ですからね。おいおい考えていけばいいんじゃないですか？　あの子達がやりたいことを見つけたらそれに投資するとか」

「そうだな、こっちで一定額積み立てとくか」

うん、そうしよう。

「ところで『建築玉』は設計士、『意匠玉』は大工士でいいんだよな？」

台所の棚に食事を送りながらレーノに確認する。

「そうです」

「今、設計士も大工士も店舗建設ラッシュで忙しそうだな」

今回見つけた島に家を建てたいのだが、トリンに頼むのは難しそうな気がする。

島にトリンやトリンのところの職人さんを連れて行くのも現実的ではない。ここはゲーム的に『建築玉』と『意匠玉』という、好きなとこに建物を建てられ、内装の変更も可能なアイテムを作ってもらおうと思っている。

『雑貨屋』は実際に建ててもらっているので、気軽に引っ越しや模様替えはできない。まあ、現実世界よりは気軽だが。その分安かった。

それはそれとして、今棚に移す甘いものは少量にしよう。トリンに会いに行く前に、明日の分は入れることにしよう。危険だ。

「他の国の者に頼めばいいじゃないですか。なにせ『建築玉』『意匠玉』は持ち運びができるんですから」

確かにファストより他の国の職人の手は空いていそうだ。

「ああ、そうだな。だが、とりあえずここを造った職人に明日、酒屋の鍵を受け取るついでにダメ元で聞いてみる。ダメだったとしても別な人を紹介してくれるかもしれんし……」

せっかく縁ができたし。『雑貨屋』も『酒屋』も居心地良くしつらえてくれた。

「確か二つとも結構高額なものです。ですが、なるべく急いでいただけると有り難いです。あの島の取得申請を先に出される事は無いとは思いますが、早いに越した事はありませんしね」

どこの国にも認識されていない所有者のいない島は、家を建てて申請すれば基本届け出者のものになるのだ。

「稼いだそばから出て行く予感が」

もうちょっと島選びを迷ってうろうろしたいところだが、騎獣《レーノ》が仮というか、借り物だしなあ。『建築玉』『意匠玉』で建てたものは、また玉に戻して引っ越しできるのでその点は気楽だ。いざとなったら最低限の家を置いて、島はレーノに任せて好きなところに引っ越せばいい。

そういうわけで三十層迷宮です。

すぐ階段を下りて三十一層からだが。稼がないとやばい気がしてきたので、委託販売に出ていた『属性石』を買い漁った後に更に拾いに来たのだ。『属性石』は『帰還石』『転移石』の材料で、生産所などでの販売はない。

闘技大会の見学やらで遊ぶ予定があるし、暇があるときに集めておこう。ボスをやらずに道中だけだし、ソロでもいける。

ついでに闘技大会用に【氷】と【雷】のレベルを上げておこうと思い立ったところで、カルに近接対人のことを聞くのを忘れていることに気づく。明日、明日必ず聞こう。

ピクシー系は素早いので【時魔法】『ヘイスト』をかけておく。『クイック』のほうが速いのだが効果がすぐ切れる、その点『ヘイスト』は戦闘を終えて普通のフィールドでも効果が続くのだ。おかげで移動も速い。

最初から【～魔法】で覚えた種類の魔法は、強力なこともさることながら戦闘外でも使えるモノが多い気がする。複合やら特化の魔法なせいかもしれんが。

【時魔法】のレベル15の『時遡《ときさか》』なんて耐久を一つ戻す効果だった。壊れた武器・防具が直る、といえばわかりやすいだろうか。成功率は高くないので冒険中に直すとなるとMP切れでピンチになる気もするが、お気に入りのアイテムをうっかり壊してしまった場合などは、すごくありがたい魔法だ。

もちろんそれぞれの生産職にも該当するスキルが存在し、そちらのほうが断然成功率は高い。

準備が整ったところで戦闘開始。

最初に【雷】と【氷】の同時がけ、水は電気伝導率が高いのだが、【氷】はそうでもないのがちょっと残念だ。一緒に使ったらダメージ増とはいかない。

残った敵は【一閃】【幻影ノ刀】……と【スラッシュ】。

いい加減【剣術】のほうも基本の派生スキルを出さねばと思うのだが、【一閃】が重宝で、ついそちらを使う。

【スラッシュ】は初期スキルだが、発動は早いのでピクシーにも当たる。だが、いかんせんダメージが心もとない。今頃初期スキルを使っているのが悪いんですが。

ボスが目的ではないので階段を探すこともなく適当に進んで行く。

ガラハドたちと来たときは遠慮して掘らなかったが、採掘ポイントで【採掘】もする。そういえば【結界魔法】も取りたかったんだった。

掘っている音が結構洞窟内に響くせいか、敵が寄ってくる。リポップ時間にしては短すぎるのでよそから音で呼び寄せられているのは確実だ。結界があればきっと防音とかできる、ハズ。

まあ、今回は好都合だ。

寄ってきた敵に片っ端から魔法攻撃。

採掘用のツルハシを握っているからな。【スラッシュ】はお休み……、といいたいところだが、ツルハシでも【スラッシュ】が出せることを知った。

さっと斬るとか鋭く斬るとか、そんな意味だった気がするんだがスラッシュ。ツルハシ有りなの？

ツルハシのおかげで取得可能なスキルが増えた。【ダブルスラッシュ】【メガスラッシュ】【鳳】……と、【鶴嘴《つるはし》】。

【鶴嘴】？

この世界は、戦闘をメインに据えるか、生産をメインに据えるか選ぶことにはなるが、戦闘と生産どっちも経験しやがれという運営さんの意向なのか、戦闘と生産は必ず両方をとる仕様になっている。【鶴嘴】は鍛冶屋の武器ででもあるのだろうか？　そうであってもおかしくない。いや、むしろ【採掘】メインな収集を生業にしている人用かもしれん。採掘しながらすぐ戦闘できるように。

ツルハシがメインウェポンとか凶悪なんですが。まだ見ぬガテン系戦闘職の姿を想像しながら採掘と戦闘を続ける。

そして剣術系スキルがやっと出た。というかやっと出した。【ダブルスラッシュ】はその名のとおりスラッシュを二回発動させる、【メガスラッシュ】はスラッシュの威力増強版だ。

ここから【ダブルスラッシュ】の手数重視型と、【メガスラッシュ】の一撃重視型に分岐していくのか？　【鳳】のほうは【天】やら【亀】やら【虎】が増えていくのだろう。拳士のスキル名と一緒なのでシンのおかげで予想がつく。

【鶴嘴】は除外するとして、どのスキルを取得しよう。カルに近距離対処法聞いてからのほうがいいな。体術系の適性職は持っていないので、覚えるために必要なスキルポイントが多いはずだ。【結界魔法】も欲しい。

狭い洞窟の同じ場所で【氷魔法】の『フロストフラワー』を続けて使っていると、氷が解けなくなってきた。最初は一定時間過ぎると倒した魔物が消える時のように涼しさを残してすぐに消えていたのだが、今は氷の花が残っている。どこまで残るか実験したい気もするが、まあそのうち誰かが検証するだろう。地形の相乗効果扱いにでもなるのか、【氷魔法】の威力が上がったのだけはわかった。ちょっと楽しいので無駄撃ちしたのは内緒だ。

ここで掘れるのは『青鉱石』その名の通り綺麗な青い金属だ。武具にするとMND《せいしん》上昇効果が得られるとのこと。他に各種水晶が少量ずつたくさん。水晶、紅水晶《ローズクォーツ》、紫水晶《アメジスト》、黄水晶《シトリン》、煙水晶《スモーキークォーツ》、緑水晶——水晶に緑なんてあったか？　と言いたいところだが、紅水晶もピンクじゃないのだが。ローズクォーツってピンクだったよな？　紅薔薇色？　どうやら神々の色を映しているらしい。後で【錬金】の実験をしよう。

知らないことがたくさんあるな、と思いつつ、こんなに色々考えているのは要するに物足りないのである。採掘ポイントの移動をしながら【誘引】も使い始めたのだが、いかんせん相手が使ってくる状態異常が私に効かない上、装備のおかげで魔法攻撃も痛くない。数が増えても一方的な結果が全く変わらず、完全に乱獲になっている。

いや、目的からしたら大変ありがたいのだが。——ちょっと物足りないなんて思っていたのが悪いのだろうか。

「三十一から三十九階層彷徨ってんだよ」というガラハドの言葉を思い出す。

《幻想ルートフィールドボス【快楽の欲望サキュバス】に遭遇しました》

あれフラグかッ！！！

整った顔、宙に浮いた淫猥な肢体。

何かをねだるようなすぼめた半開きの口から、真珠のような歯とチロリとした赤い舌をのぞかせる。ミルクのようなしっとりとした吸い付くような肌、その肌に遊ぶ黒を孕んだ紫の髪。

金色の猫のような虹彩を持つ瞳がこちらを見て笑う。

質問です、爆乳の上はなんというのですか？

その胸を黒い皮が申し訳程度に覆い、そのまま脇腹に続く。なだらかな白い腹は丸見えだ。水着にニーハイ、肘を越える長手袋。なんというかサキュバスで良く見かける衣装です。いや、現実世界のイラストでだが。え、あ？　日常的にそんな本を読んでいるわけでは決してないぞ。

しかし動いたらずれたりしないんですかそれ？　戦闘中ポロリとか。

前々から疑問に思ってたんだが、それは翼と同じくもしや自前の皮、いや、まさか毛……っ！

「ふふっ、逢ったのが男《あなた》でよかったわ」

ああ、女性だとどうなるんだろうな？

「あん、余計なこと考えないの」

指を自分の唇に軽く押し当て上目遣いでこちらを見る。

「……私のことだけ考えて」

そしてあっはーんなポーズをとってらっしゃる。

「すまんが私に【魅了】は効いてないぞ」

「……」

ポーズをとったまま固まった。

あれです、それに私、パンツ脱げる設定にして無いです。スキル由来の劣情の類は混乱に差し替えられるんだったか。今のところ無事、だ。きわどい恰好に普通にドキドキするところだが、サキュバスの服装（？）が自前の皮なのかそうでないのかが気になってそれどころではない。

街中のプレイヤーも凄い格好のがいて見慣れた面もある。いろんな意味で恥ずかしくて見ないふりをしているが。誰かチラリズムをもっと布教させてください。

そして、見た目毛ではなさそうです。

【魅了】【蠱惑】【誘惑】……ポーズや甘いセリフをかなぐりすてて、スキルを連発してこられたのだが特になんともなく。私の耐性どうなっているのか自分でもちょっと疑問だ。

「……ちっ！　この役立たずのクサレ◯◯◯がッ！」

精神操作系のスキルは諦めたのか、無詠唱で赤黒い炎を放ってきた。

「いきなり下品だな」

『月影の刀剣』で払うように斬りとばす。

「涼しい顔してられんのも今のうちだよッ！」

蓮っ葉な言葉遣いに変わったサキュバスの手に再び炎が現れ、大きな鎌を形取る。死神が持ってそうなアレだ。

赤黒い炎でできたそれは、確かな鋭さを持ち、火の粉を散らしながら私の胸へと一直線に振り下ろされる。

なんとなく受けたらヤバそうな気がして後ろへ下がる。

洞窟の床で盛大な火の粉が上がるかと思ったが、大鎌の先は大した音も立てずにそのまま青白い地面に吸い込まれている。

「ふん！　お前はこっちでドロドロに溶かしてやるよ！」

見れば大鎌の刺さった場所から床が溶けている。

「さて？」

楽なのは遠距離の魔法なのだが。

ちょっと闘技大会用に人型相手に近接もしておきたい。いや、近接と魔法を両方ちゃんと使いたい。未だ私は【魔法剣士】ではなく【魔法】と【剣士】だ。ついどちらかに思考が偏って気がつくと片方しか使っていない。

剣が溶ける。

打ち合うことはできない。

ゆえに受け流すこともできない。

『ヘイスト』を掛け直して避ける。

黒い炎の魔力を見切り、
器用に動いて盾となる翼の守りを予測し、

人にないトリッキーな動きを考慮に入れ、剣を振るう。

黒い炎は『ディスペル』で消すか、【氷魔法】で相殺。

距離を置いてならたやすくできるそれを、あえて剣の間合いで行えるよう、サキュバスが下がればその分私が出る。踏み出す間に魔法で追撃。選ぶのは【氷魔法】よりも速い、【雷光の矢】。

相手も中々手数が多く容易にはダメージを与えられない。

翼が邪魔だ。こちらの攻撃を防ぐ盾となり、また攻撃の手段ともなっている。

「ええい！　忌々しいッ！」

サキュバスの瞳が金色から赫く変わる。赫赫と輝くそれは動いた後に短いが赤い軌跡を残す。

「……ッツ!!」

痛ッ!!

今までと違う動き。

というか、

「テレポート!?」

「私の人形《おもちゃ》にならないなら死ねッ！」

美しい顔に威嚇する動物のように皺を寄せて大鎌を振るってくる。今まであった私の速さのアドバンテージは無くなった。

斬られた肩口は痛むが、さすが神器、『白夜の衣《ころも》』は溶けることはないようだ。だがこれ物理防御は大して高くないので食らうとやばい。しかも【侵食溶解】の状態異常。こっちは効くのか。

「うっ」

今度は背中を斬られた。

「はん！　治せるのかい！　その分切り刻むだけ!!　快楽に落ちる貌が一番好きだけど、苦悶に歪む姿も大好きさ！」

ダメージは【神聖魔法】ですぐ対処できる。

というか、今まであまり単独でダメージを食らうことがなく、どちらかというと全体攻撃を食らった時に盾になってくれたガラハドやイーグル、女性のカミラを治さなくては！　と意識がそっちに向いていて気がつかなかったんだが、これは。

他に気にするべき相手がいないと無詠唱なんで「痛い！」と思っただけでさっさと治りますね、はい。痛いのは嫌なのですぐさま発動！　別な対象を治そうとしていないと反射で治すなにか。

反則じゃないか？

武器替えの必要がないせいもあるけれど、ＭＰが切れるまで自動回復してしまいそうだ。魔法主体で戦う時は、ＭＰ切れに注意しないとやばいかもしれん。

【侵食溶解】の状態異常は一定時間ごとにＨＰが少し減り、傷を受けるたび一回に減る量が増えてゆく。戦闘中でよく確認できていないが、傷口がふつふつと泡立ち少しずつ広がっていっている様子。

これは意識して治さないとダメだ。そのうち状態異常の回復も反射的にできるようになるのだろうか。

左から現れたサキュバスにカウンター気味に【一閃】。

悲鳴をあげて距離を取るサキュバス。
二回くらったところで、なんとなく来る方向がわかるな、と思ったら【心眼】が発動していた。
雑念にとらわれず集中、いや集中さえも邪魔だ。
【心眼】は心の持ちようによって、効果の程度に違いがでる。
サキュバスから食らうダメージで心が乱される。幸い自力回復できるので戦闘に時間をかけても大丈夫。
痛みを感じるのは当然だ、でもそれに心を持って行かれてはダメ。
サキュバスの気配に振り向きそうになるのもダメ。
振られる大鎌の痛みの記憶に恐怖してもダメ。
エイルを倒していった時のようにただ感じる。
気配であったり、
匂いであったり、
音であったり、
振動であったり、
魔力であったり、
その全てを見ないまま視て。
視界が、世界が変わったようだ。
ああ、愉しい。

「アンタも、バケモノかい」

気がつけば嬉しそうに笑うサキュバスを正面から貫いていた。彼女の手にはすでに大鎌はなく、翼も片方落ちている。

そのまま剣が食い込むのも構わず抱きしめられて唇を塞がれる。

エナジードレインか？　とチラッと思ったがそうではなく、そのままサキュバスは光の粒子になって消えていった。

《ソロ初討伐称号【快楽の王】を手に入れました》
《ソロ初討伐報酬『浮遊のサイハイブーツ』を手に入れました》

《お知らせします、幻想ルートフィールドボス『快楽の欲望サキュバス』がソロ討伐されました》

《快楽の欲望サキュバスの爪×5を手に入れました》
《快楽の欲望サキュバスの黒布×5を手に入れました》
《快楽の欲望サキュバスの羽根×5を手に入れました》
《快楽の欲望サキュバスの魔石を手に入れました》
《ブルームーンストーン×10を手に入れました》

《魔力の指輪＋5を手に入れました》

《『快楽の欲望サキュバスのスキャンティー』を手に入れました》

『白夜の衣』の破損は戦闘が終わると元に戻った。

が、ズボンがですね！！！！【心眼】に慣れるまで結構食らっているのでそのせいなのだが、一緒に切れていた『白夜の衣』が元に戻っているので対比的にひどい。

見ると【腐食侵食】の状態異常付き。切られたところから時間とともに、ボロボロと少しずつ剥がれ落ちるように崩れてゆく。

あれか、ストリップするところだったのか。『白流の下着《アンダーウェア》』のおかげでパンツが見えるところまでいっていないのが幸い？　まさかの残念女神ファルの助けで、ストリップ免れた？

あれ、これもしかしてパーティーで来るべき？

ああ、盾の職は主に盾が腐食するからここまで酷いことにはならんのか、ちょっと他人のストリップを期待してしまった。それによく考えたら盾職菊姫だった。却下だな。

ローブの下がとんだ変態です。

そっと以前使っていた装備に替える。『時遡』で状態ごと戻せるような気もするが、耐久1では次に攻撃を受けたらまた壊れるだけだし、本職な方々のスキルも見てみたい気がするので街に戻って直す……んじゃなくってズボンは新調予定だったなそういえば。

今回得た称号は【快楽の王】。

また見せられない称号が。運営は私をどっちに持っていきたいんだ？

あれです、ハーレム形成できるらしいです。いや、ハーレムは頑張れば——いえ頑張っても私には無理——形成できるんだろうが。

ハーレムに入った人の各耐性が五％増及び、住人の場合は【戦闘不能】後、通常状態で蘇生可能期間が三日間に延長される。同じパーティーで戦った場合、【鼓舞】の効果がつく。あとピンクな効果も書いてあるが割愛する。割愛するったら割愛する。

黒姫？　黒百合？　どっちだったか名前は忘れたが、ロイに対抗しとった女性プレイヤーが欲しがりそうな称号だな。

この称号効果の出るハーレムに入れるには、相手の同意とキス以上が条件だそうで。そんな面倒なものつくるわけないだろ！　普通の人付き合いでさえ面倒だというのに。

【快楽の王】は私の中でなかったことになった。

あとサキュバスのパンツもなかったことにしていいですか……？　持ってるのも売り払うのも変態じゃないか！　どうしろというんだ!!　捨てるのは捨てるので、最後に出るのがレアだろうことがわかる今、勿体なくてですね、いらん葛藤が。

ちなみに純白のレース付きで清楚系でした。コレがプレイヤーの幼女達に大人気で、破格の値がつくことになるのを知るのはだいぶ後のこと。

『浮遊のサイハイブーツ』はサキュバスが履いていた太ももまでのブーツ。現実世界のブーツのように履くための余裕があるタイプでなく、革が太ももに張り付いたようなファンタジーなあれである。毛ではない――――いや、サキュバスの皮なのか？

男にどうしろと言うんだこれ、とか思ったら、ちゃんと男性が装備するとレースのようになっていた太ももの部分が金属での縁取りに変わって、ぴったりした印象も丈夫そうな厚い革に。よかった男女共通の外見ではなかったようだ。って、見た目を女性用か男性用か選べるのか。デフォルトは、キャラクター性別合わせだな。

効果は【浮遊】常時、素早さと魔法攻撃力二十％アップで魔法剣士向き。もう一度言おう、魔法剣士向き。

戦闘終了後に【魔力察知】【音察知】【振動察知】やらがスキルリストに出現、きっとこの辺も幾つか取ったら統合されるのだろう。私はシーフ系ではないしフィールドでは使えなくていいや。戦闘中は【心眼】がある。

他に【踏み込み】【ツバメ返し】【生命減少耐性】も出ている。【生命減少耐性】はちょっと欲しい、【流血耐性】と似たような耐性な気がするが。

もうちょっと属性石を集めて、ついでに29とかのスキルを30にしてしまおう。もっと低いのもあるのだが、五の倍数で新しい技を覚えることが多いのでこっち優先で。

【隠蔽】さんには、さらに頑張ってもらわなくてはならないので、こちらも真面目に上げよう。今回少しサボってしまった……。

昼間でないと住人から買い物ができないのが少し不便だが、まあ夜はこうして狩りや採掘に来れば問題ないな。

ああ、買い物といえば忘れずズボンを買わなくては。

休憩を挟み、朝っぱらから『雑貨屋』で生産をしている私。

錬金と調薬の設備を三階にしておいてよかった。そしてもう布団はいいかな。……宿屋暮らしに馴染んでしまった。自室にベッドフレームだけある虚しさよ。

二階にはカルとレーノの部屋があり、料理の生産設備——キッチンがある。二人の使用登録をして、キッチンは使っていいと伝えてあるのだが、使っている様子はない。料理できんのかね？　カルはともかくレーノは出来そうな気がするが。なにせパルティンが料理するイメージが、これっぽっちも浮かんでこんからな。

二階の二人が動き出す気配を感じ、生産をやめて朝食にする。

バターかジャムを選べるトーストが二枚。ベーコンエッグを載せたトーストが一枚。粒マスタードを入れたローステッドポテトとサラダ、白身魚のフライ、コーンポタージュ。オレンジにシナモンラテ。

二人ともコーンポタージュとタルタルソースも好きな模様。お子様受けする料理全般を出しておけば、間違いなさそうな大人二人である。

そしてトーストを追加で焼いて、ジャムも追加する羽目になった。

本当にこの二人大丈夫か？　パンにジャムを山盛りにしてるし、ちょっとこの二名のためにも米をですね。あんこを載せ始めそうだが。

「ホムラはバターだけですか？」

「いや、気が向けばジャムを塗ることもあるが」

二人のべったりジャムを塗ったトーストを見ていたら、食べていないのにすでに私の中の本日の甘味の許容量が終了しただけだ。

つやつやした『ブラックジュエルベリー』のジャム、出した時はつける気満々だったのだが。

なんでこの二人に注意しないのかって？

すでに私が本日朝食二回目だからです。『雑貨屋』で生産を始める前に宿屋で一度食った後だ。生産するとEP《はら》が減るんですよ……。むしろ生産中にももぐもぐしてました！　消費していればいい……、消費していればいい……のか？


トリンの店は商業ギルドと神殿の間のメインストリートにあるが、思ったより小さな店だ。

昨日のうちに連絡を入れて朝早い時間なら、ということで今になった。プレイヤーの店舗や、少ないがギルドハウスを建てる依頼で大忙しらしい。

大通りを歩くプレイヤーは思いの外少ない、広場やプレイヤーの店舗の集まる南西地区で事足りるため、皆この通りは馬車使用でスルーなのだろう。歩いているのは住人ばかりだ。

広場から神殿までのこの道は、メイン通りらしく大店が並ぶ。服屋や靴屋、貴金属店など、ただし防御力や追加能力とは縁遠い店ではあるが。

カルとレーノは二人で軽く迷宮に潜りに行っている。カルが病み上がりならぬ、怪我から復帰したてなため、どれほど体が動くか浅い場所に試しに行くのだと言っていた。レーノは付き合いだ、何気に社交性の高いドラゴニュートである。

迷宮に潜ればすぐ補填できるだろうに、わざわざ開店前に渡した金を神殿の転移に使っていいか聞いてきたカルも律儀だが。

ああ、日曜ならぬ光の日は定休日にするかな。カルはエカテリーナに返す『幻想の種』と『光の妖精の鱗粉』を入手するために迷宮通うんだろうし。

夕食後に出て、翌日昼に戻って徹夜のまま店の用心棒というのもキツそうだし、午後だけの短い勤務時間とはいえ、毎日必ず拘束時間があるというのは自由に動けないだろうしな。

攻略に関してはエカテリーナも全く心配している様子もなかったし、大丈夫なのだろう。『湖の騎士』殿はどこまで強いんだろうか。

あ、近接対人のこと聞くの忘れた。

考え事をしつつ、扉を開くと、応対しようとした従業員を止めてトリンが出てきた。

「おはよう」

「おはようございます」

挨拶を交わして握手をする。

「どうぞこちらへ」

聞けば本店はサーにあるのだと言う。ファストの方が断然客が多いらしいが、本店を移す気はないらしい。転移に金がかかるだろうに、わざわざ通っている。サーは森と林業の街だ、街の中に響く木を挽く音や、削る音が好きなのだそうだ。

カウンターの横を通って接客用の部屋に通される。落ち着いた趣味のいい店である。

接客用といっても飾り棚がある様な部屋でなく、資料の棚に囲まれた能率的な部屋である。ただ現実世界と違ってファイルもまた、革張りの重厚な表紙に書類をピンで留める加除式で、一見高そうな本の並んだ書斎か図書室に見える。

「忘れないうちに鍵をお渡ししておきましょう」

そう言われて酒屋の裏口のスペアキーを渡される。

それが終わると、目の前にファイルを幾つか積まれる。先にメールで連絡をいれているので準備をしてくれていたようだ。ちなみにこちらの住人にメールを送ると、送信を選択した時に一度、目の前に封書が現れ消えてゆく。どうやら魔法で手紙《げんぶつ》を送っている扱いの模様。

トリンの店は設計士と大工士と両方を抱えた地力のある老舗だ、トリン本人も両方のスキルを持っている。

『建築玉』は設計士が、『意匠玉』は大工士が生産スキルを持つ。

『建築玉』には大小の部屋や廊下が入り、『意匠玉』には壁や床、柱などの内装が入る。部屋や廊下は、ランクによって色が多少違うものの、同じ外見の単なる箱が組み合わされたもの。内装で色々変えてゆく感じだ。

説明を聞いて、一般的な間取り図で廊下が少ないのは、廊下で『建築玉』一つ使うからかと納得する。普通に建てた建物とは、ご予算の関係で間取りにも違いが出るようだ。

もっともファストも街壁内の土地が制限されるため、廊下は元々贅沢扱い、さらに言うなら権力財力の象徴になっとるそうな。

長い廊下自慢ってどうなんだそれは。雑巾掛けレースでもするんだろうか。

「一部屋、二部屋建てて、資金が貯まったら気分で好きなように増築される方もおられますが、後々生活面で不便になりますので最初に間取りを決めて計画的に増やしていったほうがいいですよ」

「そうしよう、さすがに一度には無理な金額だ」

『建築玉』『意匠玉』のいいところは、設計や大工のスキルがなくても、自分で内装の模様替えや間取りの変更、引っ越しが簡単にできるところ。後から部屋を増やすのも簡単だ。

「『建築玉』『意匠玉』が高いのは素材が手に入りにくいからです、持ち込みされるのであれば半額程度には抑えられます。腕のいい冒険者に素材集めを依頼するのも手ですが、ただ今度は依頼料が高い」

トリンが言う。いざとなれば自分で採りに行くのもありかな。

「それに実は問題もありまして」

「なんだ？」

「現在、王都で城の大規模な改修が予定されています。ロブスター侯爵名で御触れが国中の建築関係者に回されておりまして、ここファストにも人か物資の提供をするよう通達がきています。どちらか都合を付けない限り営業はまかりならんとのことです。モスギルド長をはじめとして商業ギルドの方々が頑張ってくれたおかげで、商業ギルド経由の依頼だけは受けられるのですが……」

苦笑いしながらトリン。

こんなところでファイナのゴンドラの船頭から聞いた名前が出てくるとは思わなかった。

依頼を受けてしまうと、私にも迷惑がかかる可能性があること、商業ギルドも店舗以外は斡旋できないだろうとのこと。横暴だなロブスター、ロブスターロールにしてやりたい。

「人を出してしまうと営業そのものが滞りますし、現在物資のほうを集めているのですが、国中の建築関係者が集めていますからね、なかなか……」

「物資というのは何なんだ？」

「現在足りないのは、ファイナのダンジョンで採れる『基礎石』、迷宮産の『オークの藁』『オークの木』『オークのレンガ』ですね。他は一般的に手に入る素材なのでなんとか確保しました」

『基礎石』以外はものすごく心当たりがあります。そういえばお茶漬がクランハウスで自室製作に必要って言っていたっけな。内装に使うとかいう話も聞いたが、内装は内装でも城の内装だったのかもしかして。

「採ってこようか？」

「ありがたいですがなかなか大変ですよ？」

「『長男オークの藁』『次男のオークの木』『末っ子のオークのレンガ』で合っているならすでにいくつか持っているぞ？」

「本当ですか！　それなら是非譲っていただきたい。他に冒険者にも依頼を出しておりますし、できれば各三つずつ。それだけ頂ければ役人が来たとしても物資を入手するための取引だと言い抜けられます」

家を建てるのに値段の目安になるリーフレットをもらい、『基礎石』のあるダンジョンの場所を聞き、店を出る。嬉しいことに一度アイテムを納めてしまえば、二度目の依頼も受けてくれるそうでクランハウスの時にもう一度納入する必要はないようだ。

ついでに『建築玉』『意匠玉』の素材が手に入る場所を聞いた。

ファイナの『ウォータ・ポリプの卵』、ファガットのラコノス島付近で釣れる『定着貝《ていちゃくがい》』、アイル側のナルン山脈で採取できる『建草《けんそう》』、バロン側のパルティン山脈で採掘できる『内包粉《ないほうふん》』。

これらをまず錬金で『ブランク玉』にして、設計士と大工士にそれぞれ『建築玉』『意匠玉』にしてもらう。そのうちプレイヤーも作れるようになるのか？　それともすでに作れるのだろうか、設計や大工持ちの友人がおらんので情報がさっぱりだ。

とりあえずトリンのところに持ち込めば、作ってもらえるので問題はないが、割高な気配。『ブランク玉』には赤と青があって、『建築玉』『意匠玉』にも赤と青があり、一定ランク以上は赤にしか入らない。『ウォータ・ポリプの卵』が青、赤はきっとレアボスの『ファイア・ポリプの卵』でできるのだろう。

――釣りがネックだな、レオに頼もう。

『ウォータ・ポリプの卵』は何に使うか謎なまま倉庫に放り込んである。でも混む前にもう少し確保しに行こうか。どうせならみんなで採りに行った方がいいな、夜まで保留だ。その前に、委託販売を見て安いものがあったら買っておこう。

さて、どうしよう。古本屋はまだ開いていないだろうし、ユリウスとルバの様子は気になるが、ユリウスのほうは顔を出すと催促しているみたいだしな。

薬師ギルドに行って、ピエグ老師に憑依よけを渡してからなら古本屋の開く時間になるか。

行動を決めて歩き出す。歩き出したところでペテロからのヘルプ要請。

ペテロ：ホムラ、手空いてる？
ホムラ：おー。こっちの時間で夕方までなら、その後は飯落ち。
ペテロ：手伝ってw
ホムラ：了解。どこだ？
ペテロ：ナルンの青竜～。サーまで迎えに行く。

本日の予定が決まった。

二　青竜ナルン

「青竜はどうするのだ？　私、回復か？　あ、銀は無事ミスリルの方が高かった」

銀から加工した、ミスリルを渡しながら聞く。

「損がなくて良かった良かった。戦闘は回復・自力盾でお願い。私がメインで相手しないとダメなのと、これから行く洞窟、魔法吸収してその分ボスと青竜を強化するから攻撃魔法も禁止で。あと青竜は倒すわけじゃないから」

「了解。だがしかし、なんだその魔法使い不要ステージ」

「ボスそのものはむしろ魔法に弱いよ。特化の攻撃職《アタッカー》ばかり優遇されないようにじゃない？　私のイベント始まってて、一緒に行くと魔法に弱い通常ボスは留守だけど」

「そういえば街の解放ボスは、ギルドの募集広告も門で溜まってた奴らの募集もそんなのだったな」

倒したいボスが魔法に弱ければ魔法特化、物理に弱ければ物理特化の攻撃職しか募集していないという。みんなレベルが上がり、どの職でも楽になってきたのか、流石にファストからサーでの募集は職の縛りは緩くなっているようだが。

「もらった薬で足りてたし、色々スキルを取りすぎて回復手段取得が完全にぬけてた。私より素早い敵とか、必中攻撃もってる敵連発ツライ」

「回復手段というかそれは耐久が……」

「それは言わないお約束」

一撃でHPをかなり持っていかれるのだろう。ペテロも持っている【水の精霊】で回復はできるが、再召喚まで時間がかかるため、回復に限るなら使い勝手《がって》は悪い。

ペテロと話しながらナルンの山道を進む。

ペテロのスキルに都合がいいので、暫く使わなかった【闇魔法】『シャドウ』を使っての道中だ。

私の装備は半減指輪付き通常装備。だがしかし、手伝いなのに死ぬ訳にはいかんので『鬼の腰帯』と『疾風のブーツ』『技巧の手袋』は装備。コーディネイトがちぐはぐになった時は、透明化したり、初期装備のスキンと入れ替えたり。後者は着ている装備の見た目を変えるわけだが、選択できるのは初期装備のみ。初期装備以外に変えるスキルもどこかにあるのだろうか。

ペテロは相変わらずトリッキーな戦い方で、途中消えたりするため、残った私に敵の敵視《タゲ》が来る。二人旅だと防御の弱い回復職《ほんしょく》には無理かもしれない。

ついでに、ただの移動もペテロについていけないというのもある。私も『疾風のブーツ』を装備しないと置いて行かれるだろう。装備すればむしろ私のほうが速いのだが、移動スキル使用で再びペテロが上回る。

「ところでホムラ、あとで【錬金】で素材に『認識阻害』つけて」

「『認識阻害』？」

「あれ、【幻術】もってなかったっけ？」

「レベル1です」

「上げて。35まで上げて」

「ぐふっ」

どうやら『認識阻害』は【幻術】で覚えるようだ。相変わらず爽やかかつ、笑を含みながらの口調なのに無茶振りである。

そんな訳で、私は『シャドウ』を使いながら、幻術レベル1の『蝶』を振りまきつつ移動することになったのだった。

幻術なら鱗粉とばさないからいいよな……。今から蝶は苦手だと自己申告するのも間抜けだ。ここは虚勢をはる。ＭＰの回復をしながら蝶を垂れ流したら、幸いすぐレベル５になった。が、自分の視野範囲の離れた場所に出せるようになっただけで、出せるものは『蝶』のまま。なんの苦行だ。


そんなこんなでナルン山脈は青竜の住む洞窟である。

山中の敵は速さにまかせて大部分をスルーしてきたが、洞窟内は狭いのでそうはいかない。

「私、ここも後ろからついていくんでいいんだよな」

「うん、回復してくれるだけで有難い」

洞窟内は最初土壁だったのが岩壁に変わり、やがて青白く濡れた岩壁に変わっていった。それに加えて壁や天井から滲み出す水が溜まるのか、足元に一センチくらいの水が常に存在している。

青竜というからには色が青いか水属性の竜かだが、この分だと後者だろう。レーノみたいにつるんとしてるのかね。

「ホムラ、浮いてる？」

「足元水がはねるから『浮遊』をかけてる。踏み込みの時とか癖があって、スピード重視だったりすると制御大変っぽいが、ペテロにもかけるか？」

実はそっと【空中移動】も併用しているんだが、当然ながらこちらは自身にしか効果がない。『浮遊』だけだとやはりふわふわとして、心もとないのだ。

「かけて」

「はいはい」

【空魔法】のレベル上げだ。『蝶』を出しつつ『シャドウ』をかけ、自分とペテロの『浮遊』が切れないようにする。魔法のレベル上げもさることながら、同時使用の私の修行でもある。中々慣れない。武器も左右どちらでも扱えるように修行中だが、難しい。

が、ペテロはあっという間に慣れやがりました！

「これいいね」

壁走ってますよ、この人。

「【錬金】で『認識阻害』を付けられるなら、『浮遊』も付けられるんじゃないのか？」

サキュバスさんの浮遊のサイハイブーツ譲渡不可なんだよな。ソロ報酬は大体譲渡不可と破壊不能が付いている。破壊不能とはいっても神器と違って、使えば耐久が落ちて防御は下がるのだが、壊れずに耐久1で止まる。

耐久は街の修理屋で金を払ってメンテナンスしてもらうか、それぞれ装備に対応している生産職持ちにメンテナンスしてもらうか、もしくは対応している『修理材』を使って自分で修理するかだ。

後者二つはフィールドやダンジョンで耐久回復できるため、『腐食』やら『劣化』持ちの敵がいる場所や、長旅では重宝する。

「ん、出来るだろうけど、一時的な付与とか発動じゃなく、『装備に効果を固定する』のは付ける素材がね、調べて採ってくるの大変。『転移石』みたいにアイテムとして発動して消えるパターンもあるし」

「『浮遊』が何に安定してつくか調べるところからか、それは難儀だな」

そういえばクリスティーナに渡した水晶は幸運の効果はともかく、悪意ある相手を指し示すあれは三回だかで消えた。

「そそ。もともとついてる素材もあるし、後からつけるのも属性、強化、耐性系はつきやすいけどね。それも強力なやつは素材選ぶと思うよ」

「宝石に魔法陣をあわせて【錬金】すると安定するぞ？」

「アイルで【魔法陣制作】スキル取れるみたいだけど、あれも【錬金】と同じく魔力と器用さがいるから早いうちに生産特化しないとキツそう。ホムラ持ってる？」

レベルアップでは、本職《メイン》に設定した職業に必要な基礎ステータスが上がりやすい。

「取ったが、さすがに制限つくから魔法陣はおまけくらいなものかな」

雑貨屋経営していますが、戦闘職な私です。

「残念」

そんな会話を交わしながらも、出る敵は倒していっている。

ここに出る敵は棘鱗蛇《しりんへび》、水蜥蜴《みずとかげ》、井蛙《せいあ》など、みんな青色で爬虫類か両生類系の敵ばかりだ。例外は水が湧き上がるように現れる馬型の魔物ケルピーか。もふもふが恋しい……。

攻撃が来ても私は困らないのだが、それはペテロも知っている。それでも気を使ってくれているらしく、すべての敵をひと撫でして敵視を自分に向けてから本格的な攻撃を始める。

蛇と一部蛙の舌の攻撃は、フィールドの敵や迷宮十層あたりの敵と比べて大分速い。ちょっと危うく見えるが、ケルピーの全体攻撃が被らなければ、大技は避けているか潰しているし平気そうだ。

話し振りからして一度来たことがあるんだろうしな。

気を使ってくれてるようだし、せっかくなので回復の練習をする。魔法での『回復』は敵視の上昇率が高いので薬での回復。【投擲】の練習しがてら回復薬を投げ、敵視を取らないようにしながら回復する。蛇が一匹こっちに来たので斬り捨てる。

「難しい！」

「まあ、私も盾じゃないし。敵視集めるスキルなんて持ってないから」

ペテロが笑いながら言う。

回復職のお仕事は味方の回復は当然、大事なのは敵視を取らないことである。でないと、防御の低い回復職に敵が殺到し、回復職が沈む。回復役が居なくなった後のパーティーは、言わずもがなである。

一番いいのは敵視を取らず、常にフル近くのHPを保つことだが、フル回復して敵視を取るくらいならば、生かさず殺さずな回復を心がける。敵視は、10も減っていないHPを1000回復するなどすると特に跳ね上がるのだ。

時々お茶漬が薬での自己回復を促したり、みんなで水の精霊の回復を入れるのは『回復』の手数が間に合わないだけでなく、その辺の事情もある。うちのパーティーは攻撃力に偏って防御力が怪しいので、みんなすぐHPが減ってお茶漬は大変だ。それを思うと【水の精霊】で全員が回復できるのは僥倖。

ドバッと回復してタゲ取ったら斬り捨てたい私がここにいる。

向いていない役割です！

でも職業を疑似体験しておけば、回復役が攻撃役にやってほしくない行動などがよく分かるので、いい経験ではある。なので大人しくちまちま回復している次第。パーティー全体の動きを読んだり、敵の攻撃を予測したりしてソツなく回復する本職の方々はスゴイ。

「着いた」

狭かった洞窟が終わって、不自然な広い空間――多分留守だというボス部屋――を抜けたその先は、さらに広々とした青水晶の空間。

柱のような青い透明な水晶が視界を埋める。下から揃って同じような方向に伸びているならともかく、天井から斜め下へ伸びていたり、真横に伸びていたりとなかなか自由だ。

「綺麗だな」

「うん。前回来たときはここ、水につかってて大変だったんだけどね。青竜戦、水晶けっこう危ないから気をつけて」

「へえ」

光源がどこにあるのかわからないが、地中の広い空間の中、青く浮かぶ大小の水晶柱群はほんのりと輝いて、圧巻な風景を見せている。

足元には相変わらず水が溜まっており、だんだん深くなっていっているようだ。水晶を避けつつ奥へと進むと大きな気配が。

「青竜！　約束通りお前の鱗、貰い受けるぞ！」

「ほう、また来たか小僧」

珍しいことにペテロが熱血っぽい。

「今度は前のような醜態はさらさない！」

「一人増えたところで何ほどのものぞ！　こい！」

一回来て負けてるのか、熱血はそのせいだな。

青竜はパルティンより一回り大きいだろうか？　金属のようなゴツゴツとした外殻を持つ彼女とも、レーノの皮の表皮とも違い、キラキラと輝く鱗を持つ。この場所を覆い尽くすような青水晶と同じく半透明な青を宿す鱗。場所も相まって清廉な印象を与える竜だ。

青竜が長い首をもたげて吠える。

問答を聞きながら観察している間に戦闘開始である。

「『ヘイスト』」

「『現し身』『猛毒の刃』」

ペテロが二人に増えた。そしていつの間にか短剣の二刀流である。

黒ずくめのペテロ二人が影のように、左右対称の動きをしながら青竜に襲いかかる。

「ちょっと、ペテロさん」

「今忙しい。早いうちに毒入れなきゃ」

「言っちゃなんだが、とっても悪役っぽい」

「忍者は正義じゃありません！」

いっそ清々しい答えが返ってきた。

天井や壁から様々な方向に伸びる水晶を足がかりに、一時も停滞することなく攻撃を続けるペテロ。とっくに青竜は毒状態。

「おのれ！　ちょこまかと！　一度目より速いではないか！」

青竜が当たらない攻撃に切れたのか、『アシッドレイン』の全体攻撃を仕掛けてくる。毒にしたら毒に仕返されたみたいな何か。

「『異常回復』」

「小僧！　癒し手を連れて来たか！」

私はおまけなので、淡々と回復のお仕事をしようかと思っていたら尻尾が飛んで来て、私の乗った水晶柱を砕いてゆく。尻尾そのものは避けたのだが、割れた水晶が私の身体をかすめてゆく。見れば割れた水晶は鋭利な刃物の様に薄く菱形にキラキラと輝いていた。

思わぬ方向から来た攻撃を結構食らってしまった。

それに【空中移動】『浮遊』が効いていなければ、砕かれた水晶と共に落下していただろう。落下した先は鋭利な水晶の上だ。ここの水晶はプレイヤーの足場となると共に、青竜の攻撃手段でもあるらしい。

ペテロが危険だと言っていたのはこのことなのだろう。

基本、聞かれない限り初めての場所は詳しい説明《ネタバレ》は無し、死に戻ったら初めて説明するというのがクランメンツの暗黙の了解。それはこのゲームの以前から。

ちなみに死に戻りには、当然のように行ったことのあるメンツも付き合うことになる。本当にいい仲間に恵まれていると思う。たとえ【猛毒】でＨＰが削れるのを待って、速さを生かして逃げまくっている奴でも。

青竜かわいそうなんだが。

《青竜との戦いで勝利条件をクリアしました》

《青竜の鱗×４を手に入れました》
《青竜の水晶×５を手に入れました》
《青竜の牙×１を手に入れました》

「えーと。『異常回復』？」

戦闘前と戦闘中のやり取りからして、めったやたらと襲いかかってくる竜ではないようなので、青竜に毒からの回復を施す。勝利のアナウンスが流れたとはいえ、先ほどまで戦っていたので少し迷いながらだが。

「くっ、小さき者に回復されるなど」

「くっころさんは人型女性限定でお願いします」

不本意そうに言う青竜にすかさずペテロが言い返す。

「いやいや？　少年漫画でよくライバル男も言うだろ。そして、その前に殺せとは言ってない」

「くっ、殺せ」の略だったはずだ、略だったはずだよな？

青竜に大きな傷はないが、細かな切り傷が全身にある。【猛毒】を切らさないようにペテロがつけた傷だ。『回復』をかけるたび、面白いように消えてゆく。バハムートはやっぱり特別のようだ。

「礼を言うぞ、小さき者よ」

いや、毒をつけたのもこっちなんだが。答え難かったので無言で肩をすくめておいた。

「小僧、約束通り我が鱗を授けよう」

「ハイハイ、有り難く」

ペテロがぞんざいに答える。ドロップの鱗とは別なのかね？

「だが小僧、闇の世界を進むを望む者よ！　そなたはそなたの主人を見つけよ！」

青竜が吠えるように言う。

「闇の中を歩くには目印となる光が必要だ。太陽でなくとも良い、標となる星のような光が！」

この大げさな言い回し、相手の空気を読んでいない感……。

あ。わかった、これヴェルスタイプだ。そりゃ、ぞんざいにもなる。自分にも雰囲気にも酔うタイプや、素直なタイプは盛り上がるかもしれんが、相手はペテロである。

「たとえそれが小さき存在であっても、何もない闇の中を歩むには大きな助けと為るだろう！」

やたら盛り上がってるな～と思いつつ、自分には関係のないイベントなので聞き流すことにする、今までのドロップの確認でもしようか。

そう思ったのだが、聞き流すことにしたのは私だけではなかったらしく、ペテロからパーティー会話が来た。いいのか？　イベントの進行者《しゅやく》。

ペテロ：回復しなくて良かったのにw
ホムラ：確かに毒ってたほうが大人しかったかもしれんな
ペテロ：あ、死ぬ死ぬ詐欺な場面が浮かんで鬱陶しさ倍増した。【猛毒】あと二、三回入れられれば殺《ヤ》れる気がするのにw
ホムラ：【猛毒】凄かった
ペテロ：真面目に『お仕事』すればホムラも貰えるんじゃないかな？　むしろ対象に傷をつけるほうが大変ですよ？w
ホムラ：暗殺放置しとるなあ
ペテロ：薬士でももらえるかもねw
ホムラ：それにしても此処のステージ、綺麗だけど、集団戦は厄介そうだ
ペテロ：レオがお茶漬の上に水晶柱落とす様子が容易に想像できますねw
ホムラ：味方が敵だ！　みたいな何か
ペテロ：まあ、ここイベントステージだしねw　普通、戦闘はこの手前のボスで終わりですよw

「そう小さな光でもいい！」

ホムラ：なんか青竜、話がループしてないか？
ペテロ：ごめん、誰か反応返さないとずっと言ってる。ひとこと言ってやってw
ホムラ：いやいや、イベント進行させてる人どうぞ

「私に光など不要！」

ペテロはピンと伸ばし揃えた指先で、手を胸から横に払う仕草のサービス付きでセリフを言った。

ホムラ：カッコイイ（棒）
ペテロ：フッ

パーティー会話中も二人して真顔だ。一応空気は読んで気を使っている。

「だが小僧、おぬしにも守るべき者があろう」

先ほどの高揚した口調とはかわって、諭すように静かにペテロに問いかける。

「そこな小さき者は、強大なる我に恐怖することに耐え、おぬしについてきたのではないのか！」

そしてまた強い口調で吠え尻尾を地面に打ち付ける。

「「え？」」

私とペテロから声が漏れる。

ほの暗い水の底のような空間で、水晶よりも青く輝く鱗の持ち主。その中でもひときわ光る縦に割れた眼が、どうだ、とばかりに私を見る。

こっちに火の粉が飛んできた！

「いや、特には……」

怖くもないし耐えてもないのだが。言い切る前に青竜が話し出す。

「おお、隠さずとも良いのだ小さき者よ。今気を使うのはこの小僧のためにならん」

わかっている、わかっているというように小さく首を縦に振る青竜。

「いや、本当に……」

「我の前で恐怖せずにいられるのは、複数の神々の【祝福】持ちくらいなもの。恥じるにあたらん」

また最後まで言わせてもらえなかった。

話聞かないなこのドラゴン！！！

「ペテロ、このドラゴン、面倒臭い！」

「私もです」

あ、パーティー会話にするの忘れた。

「面倒とは何だ！」

青竜が首をもたげ吠える。吠えるたび尻尾を地面に打ち付け、浅く水の溜まった地面から飛沫があがる。吠えてばかりだなこのドラゴン、声を大きくすれば流されるとでも思ってるのか。

「話を聞け、私も【祝福】持ちだ」

正しくは【寵愛】持ちだが。

「ふん、一柱の神にならともかく、複数の神々に会った者がそうそういるものか！」

しかも、話を聞いたところで信じなかった！

「居るんだからしょうがないだろう」

もう帰っていいか？

「そう言うならば、我に証明してみせよ！　我を恐れ虚勢をはる者でなく、我を恐れぬだけの愚か者でもないことを！」

「了解」

若干イラっときたので即答して、『浮遊』がかかったまま地面を蹴れば、大したスピードでもない上昇でふわりと上方の水晶柱に着地する。青竜と目線が合う位置、結構な高さだ。

掲げた手に出現する本来私の職では持てないはずの大剣。――初めて使うが、ガラハドたちのレプリカ版であれなのだから威力は保証付きだろう。

少し狙いをそらす。目的は倒すことではなく、威力を見せること。

青竜に応えて放つその技は。

「【断罪の大剣】」

竜の顔だというのに驚愕が見て取れる青竜、発動は私が剣を振り切る間の短かさ、もう止められない。

華美な大剣は光の大剣へ。

青竜をも凌駕する巨大な剣は、透明なガラスの剣に光が集まっているようにも見える。

振りきれば、なんの抵抗も感じないまま狙い定めた場所に激突し、光をばら撒き砕けてゆく。

砕けてゆくのは仮初めの剣だけではない、剣の軌跡にあった水晶柱、その周囲、青竜の隣の地面。

全てが砕けてゆく。

なんというか、青竜狙わなくてよかった。

ガラハドで五メートルほど、スキル的には同じかとも思ったのだが、使えるようになるまでの戦闘時間がガラハドたちより遥かに多く必要だったので嫌な予感はしたのだ。

《名を持つ竜を怯えさせたことによりスキル【畏怖】を手に入れました》
《相手を圧倒する気に関わる三つのスキル【畏怖】【覇気】【威圧】を確認しました。スキル【畏敬】を取得しました。これにより【畏怖】【覇気】【威圧】は統合されます》

床に溜まった水が音を立てて穴に吸い込まれている現在。

ちょっと巻き込んでしまった青竜に慌てて回復をかけ謝るプレイ。

ビッタンビッタンしていた尻尾が丸まってしまっているが、でかい竜にプルプルされても可愛くない。

「完全に必殺技で殺しにいってた」

ペテロが笑いながら感想を述べる。

「ここまで派手になる予定じゃなかったんだが。あれか、『私、怖かったけどペテロに脅されて仕方なく……』とか言って泣き崩れたほうがよかったか？」

「気持ち悪いから止めて」

即答された。

たまたま使用可能になっていたもので……スキルは本番使用する前に確認しとかんといかんな、反省、反省。

「で、鱗は貰えるの？」

私が心の中で反省していると、ペテロが水の中に細かく散乱した水晶を踏み割りつつ、崩れ倒れた水晶の方を向いてぷるぷるしている青竜の正面に回り込んで聞いていた。

もうちょっと立ち直るのを待ってやってくれと思わんでもないが、やった本人なので黙って見守る私。

「もちろんだ！」

おたおたと慌てる青竜の額から、手のひら大の光がペテロの元へとゆっくり向かって行き、ペテロが手に取るとそれは青い半透明な一枚の鱗に変わった。

「その鱗からできる指輪は二つ。一つはお主、お主が生き延びる確率を上げる。一つはお主が定めし守るべき者、仕えるべき者に。指輪同士が傍にあるとき、我が名を呼べば助けとなろう」

ペテロが青竜を呼び出せるってことだろうか。先ほどから回りくどく伝えようとしていたことはこのことか。

「我が名は『・・・・・・』」

私が白を白と呼んでいるように、ナルンもパルティンも通称であって【真名】ではない。たとえ、通称と【真名】が一緒であったとしても、本人から名を告げられるか、あらゆる生物の【真名】が記されている伝説の書を開いて名を呼ぶかしか効力を発揮しない。

そして『真名の書』はページが分かれ散逸してしまっている。

私はこのイベントを進めていないので、資格がないらしく、青竜から告げられる名は聞き取れなかった。

なんかいっそ強請れば頼みを聞いてくれそうな様子ではあるが。こっちをちらちら窺いながら、目が合うと視線を逸らしてぷるぷるするのをやめてほしい。【断罪の大剣】はゲージが空でもう使えないし、今は無害ですよ～とアピールしたくなる何かだ。面倒臭いですこのドラゴン。

無事（？）ペテロのイベントも終了したらしく、街へ戻る。

「じゃあ、ヴェルスから貰えるんだ？」

「ああ、ただガラハド達もアシャの【祝福】持ちだったし、勇者系の複合スキルかもしれん」

「うへ、大変そう」

劣化しても構わないというので【断罪の大剣】を取得した時のことを話す。

ペテロはお茶漬ほどではないがネタバレ掲示板を利用して、広く浅くで色々手に入れるタイプだ。そして、持ち前の強いこだわりを発揮して、自力で新しいイベントに遭遇し、劣化を補い上回るような能力を得ているようだ。

高いという能力がみんな暗殺系や隠密系なのはまあ、こだわりと行動がそっち方面に発揮されているのだろう。

たくさんの能力を組み合わせて威力を上げ、使いこなすのは、ペテロに向いている。私はまず、自分のスキルの把握からして自信がない。

ところで私は神々に数度会って【寵愛】をもらっているが、ペテロは【守護】と【祝福】【加護】だそうで、【寵愛】は数回あっても出たことがないと言う。

掲示板で神との遭遇場所を知って【加護】をもらい、【守護】はその後に数度会ってから――なのだそうだ。【祝福】は、事前知識なしで遭遇することが前提らしく、全部調べて神々とのイベントをこなすと飛ばして【守護】になるようだ。

【寵愛】、【守護】、【祝福】、【加護】。上から順で効果が高いと検証されており、【寵愛】と【祝福】は事前情報なしでの遭遇が条件のようだ。私は【加護】【守護】は持っておらんので、あってると思う。

「やっぱり事前にネタバレしてるとこれも効果下がるんだろうね」

「だろうな」

はっきり言い切ってしまっていいものか迷った挙句のはっきりしない相槌を打つ。ネタバレでペテロの取得能力が下がったら困る。

「さて、私はこれから指輪の制作クエスト。ホムラ、ありがとうね」

「お役に立ててなによりです？　お疲れさん」

疲れたのは戦闘より青竜の性格にだが。ペテロ、ＮＰＣが勝手に進める系のクエストは好かないし、だいぶお疲れの様子。

「甘いものでも食って、休んでから始めろ」

「ビール下さい、ビール」

リクエストを受けて、ビールとつまみをペテロに詰めた後、私は夕食と風呂のためにいつもの宿屋に戻ってログアウト。

戻ったら大勢がログインしてくる現実世界で夜の時間帯だ。店はどうなってしまうのか。混み出す前に行列で迷惑かけそうな両隣に挨拶をしておこう……。

そしてちょっと、ペテロの戦い方を見て【猛毒】が欲しくなっている私。最初に毒を入れておくと、HPの多い敵との戦いが早く終わって便利だ。憑依対策《アクセサリー》を渡しがてら薬師ギルドのピエグ老師のところに顔をだそう。

【畏敬】は存在により周囲に畏敬の念を抱かせる。敵意を持つ者には軽い行動阻害から気絶を、好意を持つ者には鼓舞と高揚を付加する。付加するものの強さはレベル差、もしくは相手の持つ印象による。印象は主に戦闘に勝利することなどで変化、だそうな。


ログアウトを選び、現実世界で覚醒するまで、まどろむような時間が少し。現実世界に戻って起き出す。やることを済まさねば。

時計を見て、セットしておいたご飯がもう少しで炊き上がるのを確認し、お菜を準備。早めの夕飯は、炊きたての飯に、鳥牛蒡、スズキの刺身、味噌汁、瓜の漬物。

最近は、早くログインしたくて現実世界の食生活が「作り置き」か「早くできるもの」に偏っていたので、少しまともなものを。

そうは言っても、鳥牛蒡も瓜の漬物も「作り置き」したもの、刺身は購入してきたわけで、味噌汁作っただけともいうのだが。

まあ、カレーやら、些細な抵抗としてトマトを突っ込んだレトルトソースのパスタ、それらの「一皿料理」よりは見た目ちゃんとした夕飯だろう。カレーも美味いけどな。

早く済ませたいのでつい外食やテイクアウトも増えてしまった。お財布的には異世界に行っているせいで、食費以外の他の散財がなくなったので、実は無駄遣いが減ったのだが。

飯を炊くのはいいのだが、炊飯器の手入れが面倒臭い。【異世界】の何がいいかって、片付けの必要がないことが一番だな、などと思いながら、片付けを済ます。

軽い掃除といつもより風呂にゆっくり浸かる。

三　異世界の日常

ログインしたら異世界はまたもや早朝。

住人たちの工房はもう朝の清掃を済ませ、仕事に取り掛かるために仕事道具の点検を始めている頃だ。

プレイヤー側としては、これからログインが多くなってくる手前の時間帯。仕事から戻って、コンビニ弁当かカップ麺で済ませたような輩はもうログインしている。具体的に言うとレオがログインしていた。

どこかで釣りをしているらしいレオ《ヤッ》と、お茶漬、ペテロにクラン会話を入れる。お茶漬は生産所にいるようだし、ペテロもファストの街中にいるので、クエストは終わったのだろう。

ホムラ：こんばんは。みんな揃ったらクランハウスの素材集めしに行かんか？
お茶漬：ハウスの素材もだけど、場所どうするの？　僕、商売的にファスト、バカンス的に南の島がいい
ホムラ：素材集めも結構各国に散らばってるから、約束通りとりあえず【転移】であちこち連れてくぞ
レ　オ：海か川が近いとこがいいな！
ペテロ：ホムラの【転移】以外の移動資金用意してねｗ　特に南の島なんか船代かかりますよｗ
レ　オ：わははははは！　がんばる！
お茶漬：全員揃うの、こっちの時間で今日の夜中辺りかな？　シンがちょっと残業あるみたい？
ペテロ：じゃあその頃に。夜なら素材集めが先かなｗ
ホムラ：また揃ったら調整しよう

そういうことになった。
とりあえず『雑貨屋』に行って、お隣が開いているか確認するか。開いているかというか、家主がログインしているかだが。プレイヤーの店は、カウンターの無人販売機能を使っていることが多い。

ログインしているといいな、できれば列ができ始める前に挨拶しておきたい。

向かって右隣、エリアスには軽鎧の素材になりそうな金属か皮、左隣の服屋には布でも手土産にしとこうか？　だが、エリアスの隣の角の店が何屋だかわからん。

今回は菓子折りでいいか。あまり出回っていないような素材を持ち込んでも気を使われそうだし。いっそのこと引っ越し蕎麦にしたいところだが、残念ながら蕎麦はまだ手に入れていない。

『雑貨屋』経由で酒屋に移動。台所でお菓子を作る。服と刺繍の店も確か女性が店番をしていたので、なるべく可愛らしい見た目に仕上げる。角の店がむくつけき男だったら諦めてもらおう。

自由になりたい姿で始められる世界、好む物も姿に見あったロールプレイをしている確率が高い。厳つい男でオネエプレイもいるが、それはそれ、可愛らしいお菓子は正解なので問題ない。

眺める分には可愛い方がいいと、可愛いキャラを作って、中身はそのまんま、というプレイヤーもいるが、考えていたらキリがない。現実世界と違って、姿を選べるこちらは大体見てくれ通りの扱いをすることにしている。

いろいろな種類を大量に作る。余ったものは『雑貨屋』の従業員さんのおやつにするつもりだ。

【パッケージング】は箱やリボン、詰め物を持ち物の中に用意しておけば、どんなテイストがいいか選ぶだけで、見栄えがいいように箱詰めしてラッピングしてくれ、【盛り付け】のほうは皿などの器に、やはり見栄えがいいように盛り付けてくれる。

デフォルトの器もあるのだが、別途ランクの高い箱や皿を用意しておくと、料理の味も少し上がる。

手動で盛り付けも可能なのだが、【パッケージング】や【盛り付け】を使うと、バランスがいいように自動で詰めたり盛り付けした状態になる。

持ち物にミニトマトやレタスなどを入れておけば、使っていいかシステムが聞いてきて、許可を出せば追加して彩をよくする機能まである。同じ物を大量に作る時などに便利だ。

お菓子を作ったついでに、普通の食事も数種類作って棚に詰めておく。

前回ここに戻らずログアウトした。別に毎日顔を合わせんでもいいだろうが、食事とオヤツは福利厚生としてつけておこう。棚から出さなければいつまでも出来立てのままだし、気が向かなければ食べずにいても問題ない。

手土産に用意したものは、バニラビーンズと生クリームたっぷりのシュークリーム、クッキーとマカロンの詰め合わせ。

……と、ほうれん草と卵のココット。甘いものスキー二人のせいで、疑いなく甘いものを持って行こうとしていたが、甘いものが苦手な人もいるよな。

ハムソーセージなどは【料理】をしない人に持っていっても、そのまま食うしかない気がしたので、とりあえず器用さの上がる評価10の卵料理……で、こうなった。現実世界で考えるとちょっとどうかと思うような選択に。人になにか贈るというのは難しい。

起き出してきたカルとレーノと朝食を済ませ、留守の間も特に問題なかったことを確認。

「ああ、そういえば酔っ払いを運んだり、絡んでくるのをいなしたりする方法というか体術を教えてくれんか？」

「僕をぐるぐる巻きにした【糸《アレ》】じゃダメなんですか？」

レーノが聞いてくる。

「あれは気付かれずに準備する時間が必要だ、危急の時に向かん」

それとも【糸】のレベルが上がれば素早い捕獲スキルとか覚えるかな？

「酔っ払いもですが、魔法使いは距離を詰められると弱いですからね。護身用に幾つかお教えしましょう」

「ああ、頼む」

正しくは魔法剣士なんだが、まあいいか。カルと出会った時、剣で賞金首を倒したのだが既に仕舞っていただろうか？　それでもカルなら魔法や短刀ではない傷口に気づいていそうだが。

「生産されているということは器用さは高いのですよね？」

「装備の補正があれば」

カルに聞かれて答える。おそらく、力よりも器用さを必要とする護身術を教えてくれるつもりなのだろう。

「なるほど」

どうやら魔法使いで何故生産評価が安定しているのか不思議だったようだが、装備のことで納得したようだ。素材ランクとか色々おかしいのはスルーされている、というか生産方面には疎いのか。

まあ、今のところ扱う素材のランク無視は、憑依防止の【冥結界石】を作ったときと、後はほぼ食材だけなので気付きにくいかもしれない。

首尾よくカルから護身術を教えてもらえることになり、上機嫌で外に出る。仮面装備なのでニヤニヤしていてもはたからはわかるまい。

どうやらエリアスの方は開店しているようだ。挨拶に『雑貨屋』の用心棒としてカルがついてきた。

ありがたいことにどうやらまだ客はいない。

「こんにちは、隣の者だが」

「あら～ん、噂のレンガードさん？」

「噂？」

ホムラと名乗るかレンガードと名乗るかちょっと迷っていたのに、名乗る前に特定された！

エリアスの店はカウンターの向こうに作業台が見え、一階の販売フロアはうちより狭目だが、一階だけでなく二階も販売フロアのようだ。階段が客にも利用できる場所にあり、階段の途中の壁にも、下品にならない程度に幾つか商品が飾ってある。曲線的で柔らかい印象を与えるデザインを多く取り入れた、少しなまめかしささえ感じさせる印象の店内だ。他の店員の気配はない。

「お薬や石の販売で大分有名よん。私は戦闘にあまり縁がないし、移動もあまりしないけど、器用さの指輪＋3のお世話になってるわん」

口元に笑みを浮かべながら話すエリアス。淡い桜色の髪は結われ、華やかと色気の間の雰囲気。相変わらずの、太ももまでスリットの入ったロングチャイナ、そしてぺったん。

「レンガードだ、扱うのは主に消耗品。今のところ午後から夕方のみ開店なのだが、こちらまで列ができるようなのでな。他でも似たようなものを売り始めれば落ち着くだろうが、しばらく迷惑をかけるかもしれない」

「カルです。隣の用心棒をさせていただいています、何かありましたら私にお願いします」

斜め後ろでカルが名乗る。

「あらん、ご丁寧にありがとう。用心棒というより『警備さん』みたいなかんじね〜ん、上品だわ〜」

確かにカルは、用心棒という言葉から感じる荒くれ者や食客などのイメージとは程遠い。

菓子とココットの入った箱を押し付け、無事第一のミッションを完了。

そして次はエリアスの店の隣、角の店。列は大通りに近い側に延びてゆくため、エリアスの店とその隣のこの角の店にも迷惑をかけることになる。曲がった先の商業ギルド支社は知らん。

なんの店だろうと思ったら、私が以前露店で【投擲】もないのに無駄に投げナイフを購入した店だった。短剣から細身の剣まで扱う剣の店、名前も『剣屋《つるぎや》』と言う。

趣味の良いデザインで剣の持つ性能も良い方だろう。ルバの刀剣を見ているせいか、剣の方には食指が動かないのだが、短剣や投げナイフの類が「見た目買い」したくなるフォルム。私にとってちょっと危険な店のようだ。

【ストレージ】のスキルのおかげで、持ち物の個数に実質制限がない。そして現在、将来使う予定があるとはいえ大金がある。

普通なら持ち物に空きがないか、金がないかのどちらかなのに、どちらもクリアの状態でこの誘惑物。使わない、絶対使わない。今は【投擲】を持っているが、購入してももったいなくて投げない。確実に倉庫の肥やしになる。

この店は店主のプレイヤーがおらず、住人の店員しかいなかった。角地に店員と、金に余裕があるだいぶ人気の店のようだ。

挨拶もそこそこに、伝言を頼んで早々に逃げ出した。並んでいるものが目に毒すぎる。

店名は『看板を設定』してあれば、実際に看板を掲げていなくとも店を注視するだけで店名と簡単な説明を読むことができる。洋服と刺繍屋は『ダリア』という名前だ。

……面倒で設定してなかったなそういえば、と自分の店を思い出しつつ、店の扉《ダリア》を開く。さっきはいなかったが、どうやら二軒回っている間にログインしたらしく、扉はいとも簡単に開いた。こちらは明るくて清潔感のある雰囲気。

アオザイのような白いお揃いの衣装を着た姉妹二人が応対してくれた。姉の竜胆《りんどう》は、裾や袖口に薄い青から濃い紫にグラデーションする刺繍が施され、妹の桔梗《ききょう》は薄い緑から青紫に変わる刺繍が施されている。

「わざわざありがとうございます。こちら側には行列はできませんし、逆に人通りが増えてついでに見てゆく方がいて嬉しいくらいです」

「店の敷地内でしたら外からも買い物ができますし、私たちプレイヤーは少し建物を下げて造っているんです。行列しながら商品を見ているんじゃないかしら？　あちら側の方も売り上げは上がっていると思いますよ」

ほがらかに言う二人。

私の店舗は敷地いっぱいに建っているが、そういえばここもエリアスの店も道から十センチほど下がっている。私は、生産がメインではないので気にしていなかった。色々便利な小技があるようだ。

会話をせずさっさと買い物をしたい客には便利だな、うちも壁動かすか？

現実世界と違って、それくらいはスキルがあれば手軽にできる。私は持っていないので、やるならトリンに依頼だが。

いや、うちは個数制限して売り切れたら終業の店だった。行列で落ち着いてるのだし、カオスになりそうだからやめておこう。

「こちらを。問題があったら遠慮なく言ってほしい」

手土産を渡して言う。

「何かございましたら、私に」

先ほどと同じくカルが挨拶。

「ありがとうございます。私どものほうに問題がある場合も遠慮なくおっしゃってください」

「レンガード様の生産物！　開けてもいいですか？」

「どうぞ」

様？

竜胆も桔梗も似た感じの楚々とした美人系。最初に口を開くのは竜胆なので、もし二人で生産クランを組んでいるのならば、クランマスターは彼女のほうかもしれない。

「美味しそうなお菓子――評価10の卵料理！」

「えっ!?」

桔梗の上げた声に、微笑んでいた竜胆が箱を覗き込む。おそらく【鑑定】しているのだろう。

「いいんですか？」

顔をあげて聞いてくる竜胆。桔梗は箱を持ったまま、まだ中を見つめている。

「どうぞ」

「器用と魔力」

「魔力が上がれば、あの付与の刺繍で一段上の評価が」

ランクはそう高くないのだが、評価10で追加効果がついている。卵料理で一時的に上がるステータスは器用さ、追加効果は料理方法や使う卵以外の素材で変わるようだが、今回は魔力アップだった。

器用さは全ての生産に関わってくるが、物によっては魔力を使うものもある。

「すみません、興奮してしまいました」

「ありがとうございます」

竜胆と桔梗に礼を言われた後、服と刺繍というのが珍しいので少し話を聞いた。

露店の時は桔梗の作る街着を扱いながら、竜胆が付与のつく刺繍をしていたのだそうだ。そのうち、良い素材が入るようになり、ここに出店した後は、街着のように見た目優先でありながら、戦闘にも使える服も扱っているという。

この世界はやたら感覚もリアルなので、鎧を着っぱなしということはない。街着はオシャレ着というだけではなく、普通に需要がある。私も夜着は買ったし。

『ダリア』の一階は既製品を無人カウンターで販売、二階はオーダーで直接仕事を受ける場所だそうだ。露店時代も客が付加したい能力の刺繍を後入れしていたのだったか。

展示してあるものはローブやコート、刺繍を目立たせるためか単色の布でできたものが多い。布だけでなく薄い革も扱うらしく、ウェスタンタイプな刺繍を施したブーツもあった。

カウンターは買取も設定でき、設定できる個数はカウンターの性能による。カウンターとセットの売買用倉庫に『買取資金』を設定してシルを入れておき、買いたいアイテム名と買取金額を設定しておけばＯＫ。売りたい相手からは買取資金の残り金額が見えるので、後どれくらい買取可能なのかがわかる。

売り上げも同じ売買倉庫に入ってくるため、倉庫にある総額の何％を買取に回す、という設定もでき、売れた分買取も多くなるので便利だ。もっとも適正な買取価格であればの話だが。

このカウンターの取引設定は、『質屋』のカウンターを選ぶと、売買の個数が逆になり、買取の方を多く設定できる。資金に余裕があれば、通常のカウンターと質屋のカウンターを両方入れることもできる。

この姉妹にシュークリームを一番喜んでもらえた。ちょっと嬉しい。挨拶を終えて、一階に下りると客が買い物をしていた。私もズボンが見たいのだが後で出直そう。

「カル、付き合いありがとう」

「いえ、むしろ引き合わせありがとうございます。隣を見知っていれば、用心棒として対処しやすいでしょう」

笑顔で逆に礼を言われる。

開店数日にしてすでに、カルが店主で私は生産してるだけでもいいくらいなんだが、私を立ててくれる。

営業時間をかなり限定しているというのに、その決まった時間にいない出たきり店主の私。放り投げっぱなしですまぬ。

とか、思ったのだが店舗に戻った途端、レーノとダブルでシュークリームを要求してきたから気にしなくていいかな。

二人とも、なんでそんな腹減りキャラになった……？


裏庭でレーノを担いでいる現在。

カルに酔っ払い……じゃない怪我人などを運ぶ講習を受けている。カル曰く、相手の重心がどこにあるかを把握するのが大切だそうで、これは襲いかかってくる相手を捌く指導の際にも言われた。

おかげ様で【柔術】【合気道】【手】【骨法】やらが、たくさんスキルリストに出現。【手】は説明を読むとちょっと空手に似ているらしい。

やたら多いのは、カルがこれ全部持ってるからとかいうオチじゃないよな？

正直に言えば、ちょっとだけ、ステータスを覗き見したい誘惑に駆られた。教えてくれと言えば見せてくれそうだが、カルが『誰』だか全力で見ないフリをすると宣言した手前言い出せない、さすが湖の騎士（仮）半端ないとでも思っておこう。

私を指導するカルを見て、種族的に人間族よりポテンシャルが高いはずのドラゴニュートのレーノが、やたら感心していたので、カルは体術に関しては本気で凄いのだろう。

簡単に地面に転がされるわ、後ろ手にねじりあげられる私としては、ぜひ私も強くしてもらいたい気持ちと、イケメンのくせに強いってなんだ！　という気持ちが複雑怪奇に入り交じっている。

体術系の指導については、【見切り】【体術】【回避】【運び】が強化されました！　というアナウンス後は取り押さえられる回数が劇的に減った、減っただけだが。

「主は本業は魔法使いなのでしょう？　相手を素手で倒せるまでを目指すよりは、懐に踏み込まれた時に攻撃を受けず、距離を取ることを目指した方がいいです。武術系で本職の方々に勝とうとすると周辺スキルも取得する羽目になりますから」

「僕も半端に習得するくらいなら、避ける方に専念した方がいいと思いますよ」

二人がかりでダメ出しされて、素手の武術系の取得は諦めた。スキルポイントもないしな。

また継続して稽古はしてくれるそうなので、新しいスキルは取らずにもともと持っている【見切り】【体術】【回避】の強化に絞ることにした。

目標はカルの「間合いを外す」「捕まらない」「避ける」「捌く」こと、だ。闘技大会に向けてがんばりたいところ。


そして第二のリクエスト、酔っ払いの対処に移った現在。

不思議なもので、運ぶ相手が力んでいるほど軽く感じられ、力を抜かれると重く感じた。正体をなくした人を運ぶのは大変そうだ。丈夫な布を使った運搬方法や、倒れた人役をやってくれているレーノの手足を動かして、簡単に抱えあげられるような体勢をつくる方法などを教わった。

丈夫な布と言われて出すものに迷った時、「隠蔽陣がいいですよ」とさらっと言った二人、運ぶ

モノの隠蔽考えてないよな？　隠蔽陣は魔物から気配を隠すためのものだよな？

それはそれとして、もしかして『浮遊』を使えば担ぐ必要はないんじゃないだろうか？　そう思い至った時にはすでにレーノを肩に担いでいて、言い出せないまま現在に至る。

こう、【鑑定】さんとか、ナビゲーションさんとか、私のスキルを適時解説お勧めしてくれる脳内キャラはおりませんか～？

なんとなく後ろめたかったので、講習の後でガトーショコラにたっぷり生クリーム、オレンジアイス添えを出すことで手を打ちました。

お茶の後は店舗の売買設定を少しいじって、買取に木・火・土・金・水の属性石を設定、ちょうど五つだ。買取額は住人より多少高い程度、買取も当然開店時間しか機能しないため、午後しか開けない時点で、もともと期待はしていない。

初日は弁当《こめ》を限定で出したが、せっかく最多ログイン時間帯だし今回も出すかな。

「「マスター、今日もよろしくお願いします」」

ラピスとノエルが笑顔で挨拶してくる。

雑多な生産に夢中になっている間にカルが迎えに出ていたらしく、うちの看板店員二人が来た。

二人にも本格的に制服っぽいものを揃えたいところ。……獣人用のズボンやらスカートってやっぱり尻尾の穴の位置とかサイズを測るのだろうか。後でシンかレオに聞いてみよう、いや、作り手の菊姫のほうがいいか。

「はい、よろしく」

神殿で会った時にやったからか、挨拶と同時に左右から抱きつかれた状態で、頭を撫でるのが習慣になってしまった。右手に黒髪の中にピコピコしている耳、左手に白髪の中にピコピコしている耳だ。お父さんか、私は。

尻尾をもふりたい衝動を、耳を撫でることで昇華する。今日は白を呼び出してもふらせてもらおう、手触りは白がなんといっても一番だ。

本日の昼はカレーライス。

店に仕込んだ限定もカレーライス。

頓挫している米探しも再開しなくては。

「おお、この白米というのはいいですね、気に入りました」

幸いレーノがごはんを気に入ったようなので、米探しでも頼めば乗せてくれそうだ。

「カレーとセットで気に入ったんではなくて白米だけなのか」

ちょっとそれは珍しい気がする。

「カレーも美味しいですが、白米あってこそですよ。何にでも合いそうですし」

私も好きですよ、御菜と食べる白米、酒を飲めないから余計に。旅先では飯を先に出せと頼む羽目になることが多い。

「ラピスとノエルは辛くないか?」

「美味しい!」

「美味しいです」

むぐむぐと行儀よく食べている二人、早く標準体型になるといいのだが。

そこで人参をレーノの皿にそっと移動させている大人と違って、好き嫌いもないようなのできちんと三食食べていればあっという間に健康になるだろう。そもそも今まで好き嫌いが言えるような環境ではなかったのかもしれんが。

好き嫌いする子は立派な大人になれません！

『湖の騎士《カル》』にはなれるもん！

という脳内漫才が繰り広げられたが、まあ、好き嫌いがなくて何よりだ。


そして開店。

相変わらず無表情気味なまま、手だけが高速で商品を捌くラピス。挨拶で私に抱きついてくる時は笑顔なのだが、いつもは少しトロンとした感じで、感情の起伏が少なく表情が動かないので、最初はちょっと心配していたのだが、あれで通常営業らしい。

ノエルの方は品出しや、商品の説明を求める客をあしらっている。うちの商品、説明がいるようなもの無いしな。だいたいが何か話の糸口にしようとして絡んでる風なのだが、笑顔でバッサリだ。

それでも諦めずにぐだぐだする客は、流れるようにカルに店の外に連れ出されている。外ではレーノの列整理の声が聞こえる。

私？

私は相変わらずバックヤードをウロウロしています。

私が出ると流れ作業が止まるからと、相変わらず顔出しNGを食らっている。販売って流れ作業だったのか……とも思わんでもなかったが、現在の店の様子を見ていると確かに流れ作業だ。そしてこの流れに乗れる自信が無いのでおとなしくウロウロしている次第。いや、生産もしています。

倉庫から買取はどうなったかな？　と覗いてみると大量に属性石があった。何があった⁉　とちょっと思ったのだが、なんのことはない、カルとレーノが持っていた属性石を出してくれたようだ。先日行っていたリハビリのための迷宮で拾った分と、レーノが持っていた分なのだろう。ありがたいことである。

【大量生産】のおかげで売りに出すものの生産はすぐに終了してしまい、手持ち無沙汰で酒屋のほうに顔を出す。すでにカルとレーノには酒屋の鍵を渡し済みだ。一緒に『転移石』も渡したので逃走経路としての役割は微妙な感じだが。

酒屋はベイク、ショート、ロールをはじめとした商業ギルドに投げっぱなしである。

ロールは酒を馬車に積み込んでいる間に、書類の受け渡しをカウンターで済ませ、客に新しい酒などを試飲させて売り込んでいる、営業スマイルがいっそ眩しいくらいの女性。

ベイクは大柄で腕の太い寡黙な男、酒樽を棚から荷馬車に黙々と移している。ショートは女性で背が低くて白い細腕、同じく馬車に酒樽二つを軽々と担いで運んでいる。

って、おい。

あんな小さな女性が中身入った酒樽二つ持てるのか！

「ああ、ショートはスキル持ちなんですよ」

ちょっとあっけにとられてカウンター側から窓越しに作業を眺めていると、ロールが謎を解いてくれた。ショートに驚く人は多いらしく、私が何に驚いているかすぐわかったそうだ。

冒険者ならば小柄な女性でも、レベルが上がっている——力が強くなっているので驚かないのだが、普通に暮らす住人が体型に見合わないことをしていると驚く。

酒屋は、商業ギルドの制服をそのまま使っている。三人とも商業ギルドから出向しているだけなので、そのままとも言う。もっともベイクとショートは、上着を脱いでいたが。

基本、男性は黒のスラックスに白いシャツにブレザー、女性は黒の膝上タイトスカートに黒ストッキングとブレザー。

スラックスとスカートは選べるそうだが、所属や役職などで模様や形が変わるらしく、客が分かりやすいよう商業ギルド本部ではブレザーは脱げないらしい。

あれです、黒ストッキングは屈んだ時とか伸びてちょっと色が変わるのがいいよね。絶対領域もいいけれど、生足は却下。なぜならそれは独占したい。

いかん、思考がずれた。

『雑貨屋《うち》』の制服の参考にはならないな、ラピスとノエルの二人に似合わないとは言わないが。

酒屋の方は、人件費やら素材費やらその他諸経費を引いたものが、商業ギルドから倉庫に突っ込まれるのだが、現金精算より掛け売りのほうがやや多い。その販売分が入ってきてから締めとなる為、私に売上が入ってくるのは翌月末だ。

設備費は商業ギルド持ちだし、素材費もギルド立替なのでそれで問題はない。

そのまま酒屋の表の通りに出て、古本屋に行くことにする。古本屋の主人、カディスに会うのも久しぶりだ。あの如何にも偏屈！　というところがたまらない。本が好きで、古い本から隠された小さな歴史や逸話を拾い出すのが好きらしいところも好感が持てる。

「やあ、久しぶりだ」

アイルの図書館で手に入れた本を贈って以来か。

「ああ、今日は」

相変わらずカウンターの奥でパイプを燻らせているカディス。

かつてのスラム――南西区は冒険者区とか異邦人区と呼ばれ始めたくらい様変わりしてきたが、住人の生活区に入れば異邦人《プレイヤー》の姿を見かけるのさえ稀だ。古本屋は以前と全く変わらない。

「あれから面白い本を手に入れたよ。君が見せてくれた絵本に触発されてな、昔の神々のことを調べていた」

読んでいた本を閉じ、カウンターの上に置きながらカディスが言う。

「何か面白いことでも解ったか？」

「ああ、隠れた二人の神のうち、光の神がおわす場所の見当がな」

あれ、光の神ってヴェルス？

「正確な場所は失われてしまったが、『月影の神殿』と呼ばれるものがどうやらそうらしい。何故太陽でなく、闇に属する月なのかはまだわからんのだが」

それはあれです、シスコンだからです！

「『月影の神殿』への扉は固く閉ざされて、神殿があるのは伝わっておったが、誰も入れないまま忘れ去られていったらしい」

あの扉は実は厄介だったのか。既に行って開けてきたとも言えないので黙って話を聴く。カディスのお陰で知るあの神殿の背景、なかなか興味深いしな。

手に入れた本のページを開いて見せてくれる。なかなか抽象的な文章で、ヴェルスのことだと分かりづらい。

挿絵もあるが、月や夜空、黒いシルエットの森——ヴェルスというよりヴェルナを連想させる。

「隠し神殿はアイルにあるという」

カディスの話は『月影の神殿』の場所の推測で終了した。

すまん、知ってた！

ファストの街をぶらぶらしているうち、クランメンツが全員揃った。

「うーん、ファガットの島、良かったけど高いなぁ」

「利便性を考えるとジアースかバロンだね」

お茶漬とペテロが話しているのはクランハウスの話である。

ジアース・バロンは売買や迷宮への移動のし易さが長所だ。ファガットは青い海、椰子の木陰の絵に描いたような南の島と、巨大な植物たちが迎える小人気分が味わえる島の二種類があった。

現在、『転移』でもってハウスが建築可能な場所を見て回ったところだ。ついでに抜かりなく

『建築玉』『意匠玉』の素材の収集場所近くの転移門も開けるだけ開けて来た。

行動様式から選ぶなら、売買中心はジアース、集団戦をしたいならアイル、闘技場中心ならファガット、迷宮中心ならバロンに建てるのが便利だ。

アイルの集団戦は学校に所属しても国に仕えても、ミニゲームよろしく定期的に魔物の大討伐があるらしい。帝国とのこともあるし、首都の魔法都市は優雅に見えるが、なかなか安定しない国の様子。

「海がある方がいいな！」

「でも川はないでしよ？」

「ぬう」

「でもわたちもでっかい木の島がいいでし」

菊姫はレオの提案を否定しておきながらのファガット推し。

菊姫とお茶漬は会うたびに服装が違う。『装備』ではなく『お洒落着』――『ダリア』で取り扱っている『街着』で、戦闘のための強化などがなくデザインや手触り、着心地が優先される。

菊姫は青と白のセーラー服っぽい上下、ミニスカートに足首のところから広がった白いハーフブーツ。お茶漬は本日は赤い詰襟にマントの王子様風、笑う。

二人とも装備変更のスキルを所持していて、戦闘になったら直ぐ着替えられる。住人の冒険者は自分の武器を街中でも持ち歩いているタイプが多いが、異邦人《プレイヤー》は二人のようにお洒落着だったり、私のように嵩張るのが邪魔で武器だけしまっているタイプがいたりと様々だ。

ただ、攻略組と呼ばれる人々は、武器防具をきっちり街中でも着込んでいる人が多い。そもそも

【装備チェンジ】にスキルポイントを使うくらいなら戦闘に有利なスキルを取得するのだろうし、わざわざ大盾を背負ったりしているということは、あれはあれで「武器防具を見せる」ファッションなのだろう。

実際街で見かける戦士や騎士、カッコイイしな。幼女は職に拘わらず、わざわざ持っている武器まで替えるお洒落装備のようだが。

「オレ、ちょっと闘技場に興味もある」

「私も大きな植物の島かな」

よそ事を考えつつも、私もシンの後に希望を述べる。あの島はインパクトがあった。シンは他のゲームでも結構対人戦をこなしていたので闘技場が気になるらしい。

「じゃあ小人ごっこできる島でいいのかな?」

「そういうペテロはどこが良かったんだ?」

自分の意見を言わず、まとめようとしたペテロに聞く。

「私は住むとこあんまり興味ないかな、部屋の中に凝りたいくらい?」

「インドア派だった」

「問題はお金、土地だけで六千万シルですよ?」

にこやかにペテロ。

「一人一千万でし」

ファストとは違いレンタルはなく、買取だ。もっとも一定期間クランメンバーが誰も出入りしない状態が続くと、レンタル料不払いと同じく所有権が切れるそうだが。

はっきり言うなら現実時間で一年間、誰もログインしないと所有権をなくすようだ。

「誰かに買われないうちに貯めないと。僕もう自分の分出せるよ」

「ぶあ！　すげぇ！　オレ金ねぇ！！！！」

「右に同じ！！！！」

シンとレオ。ちょっとは懐具合を気にしろ。

「金がないのに高いところ選んだの？　私も今出せるかな」

委託販売のみなのに、金を持っているペテロ。

「わたちは少し足りないでし。がんばるでし～」

菊姫は趣味で作った服を委託販売くらいだが、お茶漬の下請け生産をよくしているので納得。お財布のやりくり上手だしな。

「私も出せるな」

しかも今なら即金で買える金額を出せます。

シンとレオは、クラン設立前後の借金を先ほど私とお茶漬に返したばかりだ。私はレオとシンには魚プラスアルファで支払ってもらった。今日は『おちょぼカレイ』の唐揚げにしよう。

「レオはともかくなんでシンはお金ないんでし？」

あちこちに釣りや採取・採掘に出かけ、死に戻りをしょっちゅうしているレオは兎も角、何故シンは金がないのか、それは私も不思議。だがしかし他のゲームでもこの二人金持ってなかったんだよな。

二人とも欲しいものがあるときは、結構な勢いで真面目に稼いで目標額を達成していたので大丈夫だと思うが。

「強化ギャンブルがやめらんねぇ」

「アホですか」

「おやめなさい」

「やめろ」

「やめるでし」

ぼやくシンにお茶漬、ペテロ、私、菊姫。

「わはははは！　楽しいよなあれ！」

笑うレオもやっている気配。

「勝負武器だけにしてね？」

お茶漬が心配というか、不安そう。

「まあ、早くしないと埋まっちゃうかもだし、頑張って貯めて？」

続けて釘を刺す。

「了解！」

勢いよく答えるシン。

「貯まった時点でまた見に来て、目当ての種類の島を案内してもらおう。川がある島あるかもよ？」

「おう!!　がんばるっ！！！」

ペテロがにっこり川と海釣りを餌に、早く貯めるようレオにハッパをかけた。効果はてきめん。

お目当ての島々は、植物や岩がやたらでかく、小人気分が味わえる。外海ならば嵐の日に波に洗われそうな小さな島だが、幸いファガットとジアースの間の、一年を通じて波の少ない穏やかな海に浮かんでいる。

「ツリーハウスとか造りたい気がムラムラする‼」

「ああ、ムラムラはともかく気持ちはわかる」

「おお‼　造りてぇ」

「木のウロの中とかもロマンだね」

レオの言葉に同意すると、シンとペテロも乗ってきた。

「星が見えるように空が見えるところに造って」

「お茶漬、アイルの『星降る丘』名前負けしないくらい星綺麗だったぞ」

お茶漬は現実世界でも屋根裏・天窓・満天の星のフレーズに弱い。

「かわいいやつお願いするでし。でも誰が造るんでしかそれ？」

「設計士と大工士なんだっけ？」

シンが聞いてくる。

「うむ、だがしかし、普通の家じゃないからオーダー料高くつきそうだ」

「【大工】取得目指そうかな～」

私が高いと言ったら、レオが自力で造ることをにおわせる発言。

「レオはどこへ向かうつもりでしか？」

菊姫。

「取得スキルが迷走してそう」

お茶漬。

「既にレオのスキルは手遅れな気がします」

ペテロ。

「建つのに何年かかんだ」

シン。

次々に入るツッコミ。

「だが自力でツリーハウス造るのは確かに楽しそうだ」

うっかりレオと同じく、ちょっと【大工】が欲しい。

「島が小さいとはいえ、ハウスは幾つか造れそうだし、普通に造ってから景観壊さない範囲で、自力で造ったら？」

「おう！」

ペテロの提案に勢いよく返事をするレオ。

勢いだけはいつでもあるが、それなりに造れるレベルになるまで、それなりのお金がかかるので、またレオの財布が軽くなる気がする。そして確実に迷走スキルがまた一つ増えるようだ。

「とりあえず資金集めが先決ね。迷宮にでもこもる？」

「三匹のオークでもやる？　生産職でも店舗とは別なところにハウス欲しいらしくて、今なら結構クエスト用の素材高いよ」

お茶漬とペテロ。

「へぇ～」

感心するシン。

「委託で売っちゃダメダメだけど、買取屋に売るなら転移代考えてもかなり黒字です」

「道中の素材ドロップもまだ高いしね。掲示板に攻略書かれた途端、あっという間に増えるから今のうち」

「今もう五層は人ですごいね」

この辺の話はペテロとお茶漬頼り、他の三人も私と同じく二人の話を聞いて合いの手を入れる程度である。

……妖精がいるところまで行ければ、道中の光と闇の『属性石』のドロップ目当てで、ボスやらんでクルクルするのがオススメなのだが。


「ううっ、ゾンビ忘れてたでし」

やってきました迷宮。そしてオークのお出迎えを経て、九層。臭いと飛び散る何かが！

「ちょっとホムラさん、回復役代わって？」

「イイエ、修行の邪魔は致しません」

ただ今現在、【格闘】スキルを上げたいというお茶漬と回復役を代わっている。

お茶漬が【格闘】を取ったのに、他のパーティー《のら》でも回復役ばかりで、スキルレベルを上げる暇がないとぼやいたので、攻撃と回復役を交代したのだ。

私は現在、黒ずくめの普通装備＋『闇の指輪』でステータスを下げておいての、【神聖魔法】の効果が上がる『白の杖』装備だ。

二キャラ目を作れるゲームならば、レベル差が出ると、とっとと二キャラ目を作って強さを合わせるのだが、生憎この世界は今のところ製作可能なのは一キャラのみだ。やはり、同じような強さで攻略したほうがお互い楽しい。

回復下手くそなんで、魔法より敵からのヘイトが低い薬の【投擲】を織り交ぜている。ヘイトを上げすぎると敵視《タゲ》をとってしまい、菊姫でなく私が攻撃をくらうハメになる。

私が攻撃をくらうだけならいいのだが、対象の敵が動くと、敵の横や後ろからなど方向の指定があるスキルの使用に、シンたちが困ることになる。

能力半減の『闇の指輪』を装備していても、スキルレベルのおかげで私のほうがお茶漬よりダメージは出せるのだが、うちのパーティーは攻撃特化に傾いているので一人なら攻撃力が低くなっても問題ない。さすがにボスはダメだが。

「屁っ放り腰だなおい！」

魔拳士のシンが、お茶漬に先輩風を吹かせている。

お茶漬は拳士になったのは初期の一度だけで、聖法使いに傾いたステータスをしている上に、スキルが上がっていないため、なかなかダメージが出せない。

パーティーは攻撃力が高い代わりに、ＨＰが全員低く防御力も低い。死なせないように、そして敵の敵視を取らないように回復しきるのはなかなか難しい、私は私で四苦八苦している。

「むしろ私の修行だなこれ。お茶漬はどうやってヘイト上げず、魔法だけで回復してるんだ？」

「見本みせるから代わって？」

「フッ」

言葉で断る代わりに顔を逸らして、レオに『回復』を入れる。

ゾンビは近接にはちょっと強さ的な意味でなくキツイ敵だ。何せ殴る度、色々なものが飛び散る。菊姫は盾を顔の前から離さず、シンでさえ距離をとって魔法を使い出した始末。一回目の私と同じく【火】を使ってゾンビの焼ける臭いを洞窟内に充満させて不評を買っていたが。

「ゾンビだけ交代するか」

私もゾンビを長く見ていたいとは思わないし、さすがに可哀想になって言う。

「そうしてそうして」

ゾンビに【光魔法】レベル30で覚えた『まどろみ』をかけてもしょうがないので、前回と同じくレベル20の『ライトイーグル』で【重ねがけ】を使って攻撃。杖はユリウス少年が作った二本。

「能力半減してるとは思えないね」

「まあ、【重ねがけ】やら杖二本使用のおかげで、普通の魔法使い並みには攻撃力は確保できてるのかな？」

「あなた、【魔法剣士】でしょう？　忘れないで」

ペテロが話しかけてきたのに答えれば、お茶漬からツッコミが入る。お茶漬はメインな職業の役割に戻ることができ余裕な様子。【格闘】育たないぞ！

「ホムラ、闘技大会出るんだろ？」

「ああ。シンも出るのか？」

「一応出るぜ～」

「オレもオレも！！！」

レオも出るらしい。レオのオレオレ詐欺ならぬ、オレオレヤル気。

「あ、そうだ。ホムラ、魔法使うなら【幻術】上げて？」

思い出したようにペテロが言う。

「【幻術】？」

「そそ、ホムラに【幻術】で覚える『認識阻害』をアイテムにつけてもらう約束」

疑問形で聞いてきたお茶漬にペテロが説明する。

「おお、謎の忍者ごっこか？　いいなぁ」

「ペテロも謎の忍者で闘技大会参戦するでしか？」

「アイテム間に合ったらね。間に合わなければ普通にでるよ」

「おっと、期日があったのか。頑張らねば」

謎の忍者は否定しないのか、と思いつつ言う。

「間に合ったらでいいよ。正体隠すのホムラと違って単なる趣味だから」

「まあ私も半分趣味で隠しているようなもんだが」

「隠しておいたほうが平和でいいよ」

前のゲームで、プレイヤーに追っかけまわされた被害者のお茶漬がシミジミという。

「オレも『認識阻害』頭巾欲しい！」

「頭巾なのかよ」

便乗してきたレオにすかさずシンが突っ込む。

頭巾ってなんだ頭巾って。

「忍者といえばイカ頭巾だろ！」

「イカでしか⁇」

「宗十郎頭巾のことか」

イカ頭巾でわかってしまう自分もどうだろう。

「え、レオ、まだ忍者目指してたの⁉」

そういえば、最初に忍者を目指していたのはレオで、ペテロが目指していたのは弓職だったな。レオが忍者になったら、ペテロとは方向性が違う面白忍者ができそうだ。まず忍べないし。

とりあえず移動中はずっと【幻術】を使うか。レベルが低いので使用するMP量は少ないし、ステータスを落としていても、MPの自動回復は健在なので、使い続けるのに問題ない。

「ちょっとホムラさん、鳩しまって」

「何故？」

「平和の象徴が洞窟の形にみっちり詰まってて気になります。別なの希望」

「幸せの象徴のほうに変えるでし」

【幻術】で『鳩』と『青い鳥』が出せるようになった。邪魔になるので進んできた後方の洞窟に出していたのだがそれでも不評の様子。

「『青い鳥』なら小さいし、そっちのほうがいいんじゃない？」

止めろと言われないのは、菊姫以外の全員に『認識阻害』のアイテムを作ることになったからだ。『認識阻害』を装備に使えば正体を隠し、アイテムとして使用できるようにすれば敵のヘイトを取りにくくなるそうな。盾の菊姫としても、他のメンツのヘイトが下がればやりやすい。

もうすでに世の中に出回っているらしいが、私が作れるようになれば安価で供給できる。

「そうか」

ちょっと【幻術】を洞窟に詰めるの楽しかったのだが。

そんな会話をしながらもゾンビ相手に危なげなく戦闘をこなす。本当に一度目とは雲泥の差だ、あっと言う間にボス前に。

「結局、三匹のオークって均等に削って同時くらいに倒す、でファイナルアンサー？」

「兄弟で倒す順番があるのかもだけど、均等に削ってもいけるかな？　少なくとも前回のあれより酷い状態にはならないと思う」

「だと思う。前回はひどかった」

シンの問いにペテロが答え、お茶漬も同意する。

階段を下りたボス部屋に続く通路で、ボスを倒す手順の確認をしている現在。前回はここまでの道中も『痛み』に慣れないために、ものすごく苦労をした記憶がある、【痛み耐性】が仕事をするようになったのか慣れたのか微妙なところ。

「あれより酷くはならないだろ」

「あんなギリギリは嫌でし」

私と菊姫がしみじみといえばレオも――。

「わはははは！……どんなのだっけ？」

「「「「オイ」」」」

全員でツッコミを入れる。あの大ダメージ攻撃連発のギリギリな戦い忘れたのか！

前回はどう考えても攻略手順を間違えて、一体倒した後は全て単調な大ダメージ攻撃を食らった。真面目にお茶漬のMPが切れて、薬飲むその間をとったら死ぬ！　みたいなアレだったのに。

「なんという鳥頭！」

ペテロの言葉にレオ以外が頷く。

そんなこんなで確認とEPの回復を終え、ボスへ。今回食事は適当、ボスを終えたら迷宮から出ることが確定しているので、その時にゆっくり食べたいとのリクエスト。

「解りやすい」

「僕ら何で前回気がつかなかったんだろう」

「痛かったからだと思うでし、何もかも痛いのがいけないんでし」

盾の菊姫の後方で、お茶漬と私と三人で赤・緑・青の兄弟オークを前に雑談。話している内容はボスの攻撃順についてだ。

三匹を均等に、でもなく、倒す順番がある、でもなく。正解はランダムで光った部位を攻撃。一瞬光っては他のオークのどこか、あるいは同じオークの別の部位と、逃げる光を追うのだ。結構な速さで光は移動し、光っていない場所を攻撃すると前回のような大ダメージが襲ってきた。

光に当てるのはすこぶる難しいが、仕組みは単純。何故前回光っているのに気がつかなかったんだろう。菊姫の言うとおり、痛みは人の思考を奪うようだ。

流石にボスはお互い本職に戻るということで、お茶漬は回復、私は攻撃に役割を戻している。お茶漬が【格闘】をあげている理由は、その先の派生に【チャクラ】というＨＰＭＰ回復スキルがあるからだ。お茶漬曰く、「あると思ったらあった。正解正解」だ、そうだ。

「これ魔法辛いんですが」

【無詠唱】で発動できる私でも、光に当てることが結構難しい。他の部位に当てないように単体魔法から選ぶ、【金魔法】レベル30『ミスリルの槍』。うっかり【範囲魔法】を重ねてしまいそうになるのを意識して抑え、光を追う。

「でも当たれば魔法はダメージ大きいみたいだよ？」

三匹のオークの向こう側にいるペテロが言ってくる。ペテロもお茶漬もよく人のダメージなんか見ている暇があるな。

だが、私にもわかる。このボスで一番活躍しているのはレオだと。

「わはははは！　モグラたたきおもしれぇ～！！！！」

速さも相まって、光を叩くスピードと正確さがすごい。どんな動体視力と反射神経をしているのか。

私は【無詠唱】で発動はできるが、杖が指し示した上に現れた『ミスリルの槍』がオークに着弾するまで、当然タイムラグがある。『ウッドランス』など木属性の魔法ならば敵の直ぐそばに現れるのだが、あっちはあっちでピンポイント攻撃できる魔法を少なくとも今は持っていない。

近接は近接で三匹の間でランダムに光るものを追うのは大変そうだ。近すぎると次の光がどう考えても見辛い、うまく次に繋ぐための攻撃した後の位置取りやら面倒そうだ。

「ああ！　クソッ！　ダメージ上がらねぇ」

「三匹の間を行ったり来たりでコンボまで無理だろ。一回も飛ばさず当ててるだけですごいぞ」

嘆くシンに言う。

魔拳士は職業の特性上、コンボと呼ばれる決まったスキルの順で当てていかないと、攻撃力が上がらない。同じスキルであっても、一回目に当てた時に与えるダメージが十だとすると、二回目に当てた時は二十、五回目は五十になるとかそんなイメージだ。与えるダメージ量がどんどん増えてゆくので、戦闘が長引くほど活躍する職業だ。

物理スキルは使用することでＥＰが一時的に大きく減る。一時的に減った分に関しては、一分かからず元に戻るが、それが制限となり、まだ回数を多くは重ねられない。そのうちＥＰを回復するためのスキルも出るだろう。

ただし、【技】とも呼ばれる格闘系のスキルは、敵の横から当てる、後ろから当てる、足に当てるなど条件が決まっており、攻撃を避けつつ当て続けることは困難だ。それに初期のスキルは、次を当てるまでの猶予が長めらしいが、どんどん短くタイトになっていく。

今回のように対象を変えて、動き回らねばならない場合、難易度はいかほどか。

「そこを一瞬でキッチリコンボ技が出るのがいい拳士ってなもんよ！」

ここにも修行好きが一人。

《長男オークの藁×3を手に入れました》
《次男のオークの木×3を手に入れました》
《末っ子のオークのレンガ×4を手に入れました》
《兄弟オークの魔石を手に入れました》
《楢×10を手に入れました》
《防毒の首飾り＋2を手に入れました》
《『三匹のオークの鍋』を手に入れました》

ストレスは溜まったものの、何事もなくクリア。

そして鍋。

「鍋ってなんだ鍋って」

ついツッコミを入れる。

「鍋だろう？」

シンに疑問はない様子。

「オーク鍋、猪鍋みたいなもんでし？」

「わははははは、食うか！」

「煙突から落ちた狼鍋？」

「ペテロ、それは三匹の子豚」

オークは豚扱いで定着だろうか。

「消費アイテムで一定時間『反射強結界』が発動するみたいね」

【鑑定】したのか、お茶漬が言う。消費……？　食うのか？

「ふははははは！　鍋バリアアアアァァァァァアアアアッ！！！」

叫んだかと思ったらレオが金色に発光しだした！

「いやあの、一応レアだからね？　ホイホイ使わないように」

「十回使えるみたいだからあと九回？」

呆れたように注意するお茶漬とペテロ。

「レオだし、諦めろ」

嫌いじゃないしなレオのノリ。

「面倒で慣れないと時間がかかるけど、死にかけるボスでもなかったな」

発光しながら走り回るレオを眺めながら、ボス戦の感想を述べる。

「当て損なうと三匹のＨＰの差分、攻撃が返ってくる感じだったね」

ペテロはしっかり分析していたようだ。

「五層ボスが痛みと部位破壊に慣れるためのボスとするなら、三匹のオーク《ここのボス》は、痛みに惑わされず正確に当てろってことなのか」

「ここで攻撃を早く正確に当てる修行ができそうだね」

「カオスでし！」

ペテロと話していると菊姫の声が上がる。その声に菊姫の視線の先へ私とペテロも視線を移動する。

あ、シンが交じった。

「ってこっちはこっちで猫足テーブル……っ」

お茶漬がこちらを見て呆れた顔をしている。

「いや、どうせ鍋の効果が切れるまでこのカオスは続くんだろう？」

ペテロも普通に席についていて茶を飲みながら、ボス戦の話をし、レオを何気なしに眺めていたのだが。

「ますますカオスでし！　温度差がひどいでし！」

そう言いつつも結局は菊姫とお茶漬も席について、謎の踊りを踊るレオとシンを眺めながら雑談に参加する。

今回は紅茶、口にするとほろほろと崩れるプレーンとチョコの市松模様のクッキー。甘さ控えめでほんの少しだけほろ苦くノエルが気に入ってくれたものだ。

コーヒーが飲みたいなどと我儘を申すやからがいるので、二杯目はコーヒーにした。シンとレオの踊りの解説が時々交じりつつ、近況や後の予定について話す。

「ホムラもシンも闘技大会出るのか～。部門なににするの？」

「一番上にあった『総合』選んだぞ」

「ソロでしか？」

「ソロだな」

『剣』のみだったり、職業縛りだったり、スキルなどがランダムで封じられる拘束ステージやら、他にもいろいろあったが、時間的にも都合が良かったので総合にした。

「そういえば、闘技場修正アナウンスきてたね。『闘技場における、住人のスキルを一部使用不能にしました』って」

「ゲームバランスクラッシャーなスキルでもあったのかな」

ペテロが最近の運営からのアナウンスの話を振ってくる。

「あ、僕もそれ掲示板で見た。なんかすんごい十八禁なステージになりかかったとかなんとか」

「やっぱりそれが修正されたの？」

お茶漬の情報にペテロ。

「なんだそれは」

「どんなバグでしか！」

掲示板利用組がさらりと流し、見ない組の私と菊姫がツッコむ。

闘技場で十八禁とか意味がわからない。

「ちょっと出場が怖くなってきたぞ」

少し前、鼻歌交じりな状態で闘技場を見学して来たというのに。

「大丈夫でしょ、対処されたみたいだし」

涼しい顔のペテロ。

「何をどう対処したというのだ……。そっちはそっちで怖い映像が浮かぶんだが」

怖いんですが。

「チョンぎられたんでしかね？」

「菊姫はっきり言わないで！　僕のもひゅんってなるから」

「話題を変えようか」

下ネタに突入する前にペテロが流れを止めた。というかヒュンってなるということは、お茶漬はタオル外したんだな。

話題を今後の金儲けと『建築玉』『意匠玉』の素材集めに変え、そちらの方はあともう一度ここのボスをやり、素材は各自自分の持っている収集スキルのものを担当、私の都合がよければ【転移】は手伝う方向で。

『定着貝』は先ほどから踊り狂っている釣り人二人。レオとシン。

『建草』は私と菊姫で採取。

『内包粉』採掘は、ペテロとお茶漬の担当となった。

二十四時間三百六十五日ゲームをしていられる環境の方々は――といっても、このゲームはログイン時間の制限があるのだが――とっくにそれぞれ好きな街へ移動をして、移動先でクエストをこなしている。

見たことのないボスを自力で死にながら攻略するのも楽しいものなのだが、実際にそれをやっているのは前線組やら攻略組とやら呼ばれるメンツが多い。まあ、他に踏破者はおらんのだから必然的にそうなるのだが。

ボスの攻略方法は口コミで広がっていき、比例してクリア者が増える、掲示板に載るとあっという間にそのボスの人口密度が高くなり、クリア者をどんどん輩出する。

で、何が言いたいかというと、『ウォータ・ポリプ』は今現在、掲示板に攻略方法を誰かが載せたばかりらしく、これでもかと混んでいる。混みすぎて、ボスの周りで待っているのもなかなか大変なので、『ウォータ・ポリプの卵』は落ち着いてから、となった。


全員揃ったら遊ぶ。

揃ってない時間は、クランハウスのためのアイテム集めという日々が続く。

ペテロ：ただいま～。ホムラ、タクシーお願いw
ホムラ：はい、はい

お茶漬：あ、僕も拾って

「まだ時間は大丈夫だな。菊姫、行ってくる」

「いってらっしゃいでし。頑張ってむしっとくでし」

菊姫と二人、『建草』を【採取】しているとクラン会話で二人から【転移】の依頼。

【採取】場所のここには、魔物が湧いて襲ってくるのだが、先ほど倒したばかりなので大丈夫だろう。もし出て来ても『建草』のない場所まで走れば、一応安全地帯はある。

ファストの神殿に迎えに行き、『内包粉』の【採掘】できる場所に近い神殿に二人を送る。

レ　オ：釣れたぜ！
シ　ン：俺も！　やっと目標数達成！
ホムラ：え、じゃあ達成してないの私だけか

自分の【採取】場所に戻る途中、聞こえてきた報告に少々ショック。

ペテロ：ホムラはしょうがないでしょw
お茶漬：タクシーご苦労

そう、【転移】は神殿までなので、みんなをそれぞれに送った後、自分も元の場所に戻るため、走らねばならないのだ。草をむしってる時間がですね……。

レ　オ：神殿に金払って【転移】する金ない！
菊　姫：あてちがむしった分で足りるでしよ
ペテロ：このままもうちょっと集めて、余った分は売ろう
お茶漬：多分闘技大会の後くらいにハウスの建設ラッシュくるから、きっと値上がるんじゃない？　で、その売り上げはみんなで等分ね
シ　ン：おう！　それならホムラもいいな
レ　オ：頑張って釣るぜぇ！

そういうことになった。でもちょっと悔しいので、最初の割り当て分くらいは達成したいところ。なお、すでにレオは自分の割り当ての二倍に達している模様。

四　闘技大会『レンガード』

そんなこんなで自分たちのハウス用アイテムを確保し終えた頃、やって参りました闘技大会。

宿屋で起きたら、すでにお茶漬たちは出た後だ。仕事なんだから全員揃ってというのは難しいとはわかっていたことだが、イベント時だけは今でも少し寂しい。今から行われるのは、パーティー同士戦う総合戦と、職をわけないソロ同士の総合個人戦。総合個人に私、ペテロ、シン、レオが参加予定。シンの出ていた職別の試合はもう終了してしまったはずだ。一緒にパーティー戦に出る話もあったが、菊姫が対人戦を好かない上に、私の帰る時間が不確定だったために、その話はすぐに流れた。

クランハウスのための資金集めやら、素材集めやら、アクセサリー配りがてら、ユリウス少年から新しい杖を、ルバからまだ装備できない不相応な刀剣を、ガルガノスからはズボン、ブーツ、小手などの一式を受け取るなどして過ごした。

私が島での宿泊予定日に仕事で帰ってこられないことに気づいて、慌てて自分の分の宿泊を延長しそこでログアウトしたり。現実世界の仕事中に一人なら『強者《つわもの》の夢城《ゆめじろ》』に行ってみてもよかったかな、と思ってみたり。

それより何より闘技場のSランク以上は、闘技場の『転移プレート』の使用許可がでていることに今気づいたり。無駄に散財してしまった。

『タシャ白葉《しらは》の帽子』
『ヴェルナ白夜《びゃくや》の衣』
『ファル白流《はくりゅう》の下着』

ガルガノスのデザインに【意匠具現化】で変更した、『鬼の腰帯』『疾風のブーツ』『技巧の手袋』『ズボン』。

アクセサリーは、

『ドラゴンリング剣・魔』『アシャ白炎の仮面』。

『散じた髪飾り』にファイア・ポリプのドロップで火属性強化、火耐性のつく『炎の雫』、憤怒のオークのドロップで継続ＨＰ回復がつく『生命の蕾』。

『身代わりのペンダント』。

胸には『蒼月の露』。

武器は『月影の刀剣』『白の杖』、ユリウス少年に新しく作ってもらったランク36の杖二本。

こう、ズボンだけ浮いているが、プレイヤーメイドとしては高性能だ。結局隣のダリアで購入した。元は真っ黒いレザー、太ももの外側辺りに流水文と羽根が混じったような刺繍があるものだが、現在は『白夜の衣』などに合わせて、ガルガノスデザインの白いズボンになっている。

これらは決定、迷うのは靴と手の装備。

『浮遊のサイハイブーツ』は【浮遊】が付いていて面白いし、素早さと魔法攻撃力二十％アップが付いている。魔法攻撃力は基礎となる値が高いので二十％の効果は大きいのだが、素早さで見るなら『疾風のブーツ』に軍配があがる。

お試しの闘技場チャレンジで、素早さで上回れれば大変楽であることを学習しているので交換は無し、『疾風のブーツ』で。

『妖精の手袋』は知力と器用さが上がるので替えてもいいのだが、器用さだけで見ると『技巧の手袋』が少し上だ。知力は神々にもらった白装備で他をだいぶ上回っているはずなので、これも器用さを取る。

ずっと台座に何もつけずに放っておいた『散じた髪飾り』にはボスドロップで出た宝石系で良さげなのをつけてみた。髪飾り自体の効果は「付けた宝石の効果を打ち消し合わない」という『白流の下着』についているものと似た効果で、通常反属性など打ち消しあう効果がそのまま反映される。【火の制圧者】で火属性系からのダメージ半減、灼熱などの気候、溶岩などの地形からのダメージ効果無効もあるので、火に関してはダメージを受ける心配が格段に減った。

だめ押しに自分で強化した知力の指輪+6と力の指輪+6。左の小指が空いているが、普通の能力アップ系の指輪は、三つつけると効果が打ち消されるようなので断念。隠蔽で消せるからいいが、五つも指輪をつけている現在。クロムハーツとか同系統の指輪ならありなのか？

杖は私好みの長さと持ち手部分の太さ、重さのバランスも素晴らしい。片方は渡しておいたクリスティーナのルビーが、ヘッドに使われている火属性強化と魔法攻撃強化のついた杖。片方はアクアマリンの付いた水属性強化と知力強化の杖。

アクアマリンは渡しておいた普通のルビーを二つ売って手に入れたらしく、勝手なことをしてすみません、とユリウス少年に謝られたが、私としても同じ属性の杖より違う属性の杖の方がありがたいので、気にするなと返した。

そのうち雷の杖を三本装備、チャージで派手に範囲魔法を落としてみたい気もするが、現状すべての属性がレベル上げ中なので、次回目指そう。

ユリウス少年には迷宮で手に入れたブラックオパールなどの宝石と、私の島になる予定の場所で採取した樫の枝を渡して、すでに新しい杖を依頼してある。

こちらは明朗会計なのでいいのだが、ガルガノスは「目の保養と、職人冥利に尽きる仕事をさせてもらった」と、代金を受け取ろうとしなくて困った。仕方がないので火酒とともにこちらにも生産に使えそうな宝石を置いてきた。後で何か礼を考えねば。

ルバはあれです、二本目の剣の制作に入っていて、ほとんど話せなかったので軽食を机に置いてきた。

『白さんや、どう？』

装備を終えて白を召喚、見た目どんな具合か感想を求める。

『お主はまた戦闘外に呼び出しおって！』

ガブってされました。

肩に陣取った白を連れて闘技場へ転移する。闘技大会会場に行くと告げたら、白に私以外には姿を消すと宣言された。装備をチェックしつつ、クラン会話に参加する。私のほか三人しかおらんのは何故だ。

大会が始まる四半刻前、シード権を使わず最初から参加できる時間に帰ることができた。もうエントリー自体は済ませているので、闘技場にさえいればあとは組み合わせ抽選時に、参加不参加の最終確認のお知らせウィンドウが開くくらいだ。

ホムラ：こんばんは

お茶漬：こんばんー

ペテロ：こんばんは

シン：おー！
ホムラ：レオと菊姫は？
シン：どっちも始まる前にトイレ済ましに行った
ホムラ：なるほど

座ったままログアウトだろうか？　木の上でもログアウトできたし可能だが、この環境ではあまりしたくないな。

そんなことを考えていたら、転移プレートのある部屋の係に捕獲された。立て板に水のように挨拶されて、個室というかボックス席に連れてこられた現在。どうやらSランクから上は特別扱いらしく、ここまで来る通路も一般客とは別だった。

宿で用意してもらった、ペテロ達と連番の一般席チケットがあるのだが、ボックス席から見る一般席とその通路のあまりの人の多さに早々に一般席での合流を諦める。

席に着いたところで大会開始のドラムロールがちょうど始まった。

ホムラ：ちょっと今から合流するの無理そうだな
お茶漬：ああ、僕らちょっと早めに来ても、席までたどり着くの大変だった
ペテロ：立ち見だったら潰されてるレベル
シン：でも席までこれねぇと、ロビー観戦もきつそうだったぞ？

ホムラ：席自体はなんか事前登録で闘技場のランク上げといたせいで用意されてて問題ない
菊　姫：ただいま〜
ホムラ：おかえり
お茶漬：おかおか
菊　姫：ホムラもおかえり〜
ホムラ：で、用意されてた席、割といいぞ。どうやらフルパーティー分入れるんだが来るか？
ペテロ：無理ｗ
お茶漬：もう席から動けないレベル
ホムラ：かなり快適なのに残念

却下されてしまった。

ボックス席は結構広くて、ここに一人はボッチ臭が半端ないんだが。まあ、すでに着替えて仮面を被っている身としては、一緒にいない方が色々迷惑をかけないで済む気もする。

でも椅子は大きいし、足を乗せるオットマンはあるし、前に移動できるサイドテーブル付き。サイドテーブルに黒いプレートが付いていて、触ったらメニューウィンドウが出てくるという……とりあえず、冷たいおしぼりとアイスティー、フライドポテトを注文。

すり鉢状に配置された客席の底、競技フロアの真ん中でこの国の王子の挨拶が始まる。始まると同時に、フロアの上空に現れる巨大ウィンドウに王子のドアップが映し出される。競技の様子がこの大画面で見られるのだろう。気づけば先ほどメニューを選んでいたウィンドウにも、同じ映像が流れている。画面を切り替えてメニューに戻す。

『白は何か飲むか？』

『お主の茶ならなんでもいい』

まさかのメニュー拒否に、いそいそとアップルティーを出す私。かわいいヤツめ。

白を膝に抱き直して、サイドテーブルの上の茶を飲みやすいよう配置する。今日もいい毛並み。もっふもふですよもっふもふ。テーブルに体を伸ばす白を補助すると見せかけて、後ろから前足の付け根に手を入れるとほかの場所よりさらにやわらかいぽわぽわの毛が堪能できる。

おしぼりだけでも冷たいものと熱いものを選べるし、酒もワインから聞いたことのない名前のものまで各種取り揃えられ、それどころか人までメニューにある。

なんですか種族から性別、肌の色、髪の色、胸の大小、年齢、格好って。オプションで孔雀の羽扇で扇ぎますって、おい。ここのボックス席、そもそも前がガラスもなく空いているのにどうやってるか知らんが空調効いてるのだが。

あ、でもマッサージいいな、マッサージ。仕事帰り直後だしな。いや、だがこの闘技場は最近まで十八禁の罠があった場所、止めておこう危険危険。

美女五、六人侍らせてのハーレムごっこにも心惹かれるのだが、実行できない小心者です。

独りメニューにツッコミを入れている間に、ファガットの王子の本大会開会宣言が終わった。数日前の闘技大会全体の開会宣言の方は王だったらしい。魔物との戦いや、ハンデをつけられる拘束ステージ、達人達の演武などは昨日までで終了している。本日は総合の個人とパーティー戦の二種だ。

ホムラ：そういえばシンの結果は？
シン：三回戦で負けた～っ！
ペテロ：拳士部門優勝ギルヴァイツアw
シン：三回戦で当たって負けた！
ホムラ：それは残念
お茶漬：拳士の決勝は中々見ごたえあったね
菊姫：剣と魔法の方は住人が優勝してたでし
お茶漬：回復職同士の戦いは、なんか白兎の獣人がメイス無双だった
ペテロ：回復職のドラゴンリングの挑戦は、モンスターを避けながら味方を回復してゆくステージの方だしw
お茶漬：職的にメイス無双が聖王だったら困惑するしかない
菊姫：盾の人が何故か拳士の部に出てて面白かったでし
レオ：たっだいま～～～っ!!
ホムラ：おかえり
シン：おー、すっきりしたか
菊姫：おかおかでし

ペテロ：おか
お茶漬：おかえり～

ギルヴァイツアに、後でお祝いのメッセージでも入れておこう。

王子に次いで進行役が競技ウィンドウの説明というか、ウィンドウからの賭けの仕方の説明を終えると、賭けのオッズが示される画面から、競技参加の確認画面に変わる。

個人かパーティー戦を選ぶ種別は、個人を選ぶと自動的に参加人数は一名に。

後は「はい」を選べばブロック分けの抽選が始まる。ちょっと予定外なこともあったが、無事開始できそうだ。

『こっちじゃろ』

『ん？』

白の肉球画面タッチ可愛い……などと思った間がいけなかった。

さっさと最終確認の「はい」まで押されてしまう。

『ちょ！　白！！！　あ、あ、あ、あぁーーっ』

『ええい！　情けない声を出すでない！　我もレベルを上げるのじゃ！』

白がやる気をだした結果、職総合のパーティー戦にソロで出場することになりました。

唖然として組み合わせ抽選の結果を眺めている現在。白が参戦登録してくれた、パーティー戦だけでスクロールするほどのブロック数、多少調整が見られるものの一ブロック二十組のようで、初戦は闘技場のキャパは無視で一斉に行われる、この辺はゲームの便利さだ。初めての闘技大会だし、お試し参加の異邦人も多い。実際の試合会場のキャパに合わせて試合をしていたら、一週間あっても終わらない。

事前に闘技場ランクをSまで上げておけば途中参加も可能、恐ろしいことにSSSを持っている私は、『闘技大会最終戦エントリー権』で決勝戦に乱入できる。SSで準決勝のシード参加、Sで準々決勝の試合にシード参加できる。

うん、何かこの席視線が痛いのだがSSSのボックス席だってバレている気がする。王族のいる席とは別に、同じくらい大きなボックス席が私のいる場所を合わせて五つ。すり鉢状に段になった座席に交じって等間隔に配置されているのが遠目でもわかる。

そのボックス席の脇には一回り小さなボックス席があり、その隣にはさらに一回り小さいものがある。たぶんSSランク席とSランク席。間に個室ではないが周囲に余裕がある座席ブロックがあるのはAランク用というところか。

参加ブロックが決まって悲喜こもごも至っているらしく、先ほどにも増して騒がしい。サイドテーブルのメニューで外部からの音声を四十%落とす。普通のメニューからも選べるが、サイドテーブルのメニューの方が闘技場に特化したインターフェースになっており、解りやすい。

初戦から参加することにした私のブロックは五十二ブロックだ。白は参加する気まんまんのようだし、召喚系のルールを確認しておこう。おイタをした白の肉球をむにむにしながら該当のページに移動する。

召喚獣や従魔——調教士など本職のほうはペットではなく、従魔と表示されているらしい——はパーティー戦ではフィールドと同じ扱い。

個人《ソロ》戦の場合は召喚士・調教士もいるため、召喚時間に関係なく、それぞれ一戦一匹喚ぶことができる。本職は途中で種類を入れ替えることが一度だけできるが、その場合二匹目はステータス半減で喚ばれる。なお、複数召喚などのスキル・称号がある場合はそちらが優先される。

召喚士・調教士を両方持っている異邦人は、召喚獣とペットが両方呼べるので有利か？　いや、まだ会ったことがないだけで、そういう住人もいるかもしれない。私はガラハドたちと闘技場で出て来た住人しか知らないからな。

職業についていなくても、私のように召喚獣やペットを持つ者も多いため、色々微妙なところではある。闘技場のルールも真面目に覚えないとそのうち慌てることになりそうだ。

『白、召喚時間切れたら私ソロじゃないか』

『ふふん、普段の行いが悪いからじゃ』

待ち時間の間、思う存分もふってやるとばかりに白の毛並みを堪能していると、扉がノックされた。

「レンガード様、ＳＳランクのホルス様とバベル様が面会を希望されています」

閉じたままの扉の向こう側から来客を告げられる。

ホルスとバベルは、グランドマスターリングを持っていた住人、私が戦って勝ち、うっかりＳＳ

Sランクになった原因でもある。

SSSランクは、最初は全員住人なのだろうなこれ。

「どうぞ」

とりあえず了承。何だろう？　今度は勝つぜ！　的な試合前の挨拶か？

「【剣帝】レンガード様！　久しぶりです」

「【賢帝】レンガード様、お久しゅう」

待ちかねたように入ってきたのは、牛乳《うしちち》、じゃない、露出の多いチョコレート色の健康的な乳、じゃない、大柄な肢体の美女と、ゆったりとしたローブを纏った白磁の肌にトロンと眠そうな目をした美女。――誰だ？

「レンガード様、私めの胸もバベルに負けず劣らず大きいですよ？　着痩せする躰です、確かめますか？」

にっこり微笑んでローブをはだける仕草をする美女。

「何を言うホルス！　最初に目に留まったのはオレだ！　レンガード様、どうぞこの胸ご自由に」

胸を叩くように手を当て迫ってくる美女。

ちょっ……っ！

『お主、この二人どこで引っ掛けた？』

白の視線が痛い。無実です！

「誰だ、貴様ら」

それだけ露出しててバインバインな胸してれば十人中十人見るだろう?……見るよね? 何だこの羞恥プレイ。あと私むっつりなんで迫られると引く! 冷や汗流しながら案内係に目を向けると、にっこり笑って告げられる。

「先ほども申し上げましたが、こちらSSランクのホルス様とバベル様。レンガード様が大会に参加されない時、代理を務める【皇帝の騎士】です。レンガード様に敗北後、荒れてらしたのですが周囲の説得もあり、今は【皇帝の騎士】としてレンガード様一筋でらっしゃいます。お姿が少々お変わりになられているのは、自ら『性別変換玉《せいべつへんかんぎょく》』をお使いになられたからです」

……まて。

じゃあ何か? この美女二人はあのバベルとホルス? ガハハと笑いそうなガタイのいい男と、嫌みったらしく笑いそうな細めの男の成れの果て?

胸の谷間からヘソまで一直線に露出してる水着みたいな服(?)にマント姿のコレと、大きなフード付きローブを着て華奢な肩してるコレが。少々変ったどころではないだろ!!!!! ついでに言うなら若返ってないか!? 若作り!?

「オレはレンガード様に誠心誠意お仕えする。頭のてっぺんからつま先までこの躰、どうぞご自由に」

「私めも全てを捧げ、お仕えいたします。この躰いかようにも」

二人揃って跪く。

「帰れ」

『お主、ひどいのぅ』

白が呆れたように言う。いくら美女でも却下する、なんでこうなった。

まだ私に対する忠義（?）をワーワー言い立てる二人を、案内係が華麗に言いくるめて扉の外に追いやった。強いな、案内係。

「【皇帝の騎士】と言うなら男のままでよかった気がするんだが、何故ああなった」

少々遠い目になるのは仕方がないことだと思う。

『男のままでも迫ってきそうじゃがの、あの勢い』

『ヤメテクダサイ』

怖いことを言うな！

「申し訳ございません、お騒がせいたしました」

案内係が笑顔で詫びを言う。

「いや、入ることを了承したのは私だ」

知った顔ということで油断したが、どういう人物なのかを確認するべきだった。まあ、普通あんなに色々な意味で激変してるとは思わないので事故のようなものか。

「お二人とも荒れた時の所業がひどかったものですから、皇帝に忠義を尽くすべきと、闘技場職員で洗……説得したのですが、行き過ぎてしまったようです」

おい、今、洗脳って言おうとしなかったか？　案内係の営業スマイルが怖いんだが。

「こちらの個室には許可がない限りどなたも入れませんのでご安心を」

そう言って案内係も出て行ったのだが、突撃の不安でいっぱいな現在。あの二人もだが案内係がっ！

闘技場でヤンチャしたら性別変えられて、洗脳、十八禁なお仕置きが待ってると想像しかけて、思わず身震いする。ちょっとこの椅子、拘束具とか出ないだろうなオイ。戦いの前にどっと疲れた。

ペテロ：ホムラ、ブロックどこ？
お茶漬：見つけられにゃい
シ　ン：ホムラ登録、レンガード？　ホムラのままか？
レ　オ：どっちもみっかんねー！　全員ブロック分かれた！
ペテロ：両隣のブロックにもみんなの名前ないから、勝ち進まなきゃ当たらないね

ああ、通常営業なクラン会話に癒される。
総合の個人戦に参加するのはペテロ、シン、レオだ。昨夜別れる時に闘技大会用に各種薬品を三人に渡し、ペテロにはギリギリ間に合った『認識阻害』を指定されたアイテムにつけている。
一応、入賞をしなくても勝ち進んだ分だけ賞金やアイテムが出るので、クランハウスの資金にすると息巻いているシンとレオだ。

ホムラ：登録はレンガード。粗相をしてパーティー戦にソロ参加、五十二ブロックです
シ　ン：ぶっほ！
ペテロ：どうりで個人戦にいないw

レ　オ：わはははははは！
菊　姫：さすがでし
お茶漬：ひどい。僕の賭け金返して
ペテロ：装備もいいし、レベルも高いからマッチング次第ではいけるかも？　w
レ　オ：わははは！
シ　ン：せっかくだから派手に登場しようぜ、派手に！
ホムラ：無茶言うな
菊　姫：『浮遊』かけて登場してみるでし
お茶漬：派手じゃないけど騒ぎになりそうね『浮遊』
ペテロ：登場してからかけてもちょっと間抜けですよw
お茶漬：間髪を容れずにかけるんだ

闘技大会のステージでは、薬や魔法の類は事前に飲んだり、かけたりしていても、効果は打ち消されてしまうのだ。

なのでそっと『浮遊のサイハイブーツ』に履き替えてみたり。

シ　ン：お互いがんばろーぜぃ！
レ　オ：おう！

ホムラ：ああ、頑張ろう

《総合第一試合を開始いたします》

ちょうどアナウンスがあり、自分を囲むように、揺れる光の筒が現れる。今、参加者は全員この筒に覆われており、六十秒のチェック時間が与えられる。

ここで気が変わって不参加を選ぶこともできるし、特に問題ない場合は時間切れ前にＯＫを選ぶこともできる。マッチングの相手も選んでいれば六十秒経過前に試合開始となる。

装備よし。

『白、準備は？』

『完了じゃ』

さあ、試合開始だ。

◇【レンガード】ＶＳ【カリビアン】◇

◇Ｒｅａｄｙ◇　◇ＧＯ！◇

四十メートル四方の一段高くなった石畳の上に転移させられたかと思えば、対戦テロップとアナウンスが流れる。【レンガード】は私には【レンガード（ホムラ）】に見えているが、他人には【レンガード】だけの表示のはず。

パッと見た限りどうやら私の相手は、盾職・剣闘士・戦士・魔法使い・回復職・弓職の平均的パーティー構成な相手のようだ。レベルは31、32と5レベル以上も低い。

「レンガード⁉」

「偽称かと思ったら本物っぽい⁉」

「浮いてる！」

「何で⁉」

「生産じゃなくって魔法使いが正解⁉」

「【鑑定】できねぇ！」

私の姿を見て、口々に叫び出す対戦相手。

何だ本物って？

私が疑問に思っている間に白が駆け抜ける。

あ。

全員麻痺ってますが。

白が得意満面に戻ってきたところで、いいのかコレと思いつつ、驚愕に引きつっている六人に【雷魔法】で覚えたて、『雷神の鉾』×3。多勢に無勢だからな、容赦しないぞ私は。

単体攻撃魔法なのだが、【範囲魔法】で一網打尽。相手が散開する前に白が痺れさせているので余裕で範囲に入る。ちなみにこちら、状態異常中に食らうとダメージ倍加の効果でございます、白と相性のいい魔法だ。

《レンガード　WIN！》

アナウンスと共にまた白い筒状の光に包まれ席に戻された。余韻も何もないが、試合数が多いので仕方がないのかもしれない。友人知人を応援しているのか、観客席のざわめきも大きくなっている。

『白さんや、私が言うのもなんだが5レベル下の相手にひどい気がするんだが、せめて姿見せない？』

たぶん相手には白の姿は見えていない。何がしかの【眼】か【看破】のような、【隠蔽】――いや【隠形】を見抜くスキルを持っていない限りは。

相手は始まった途端、訳も分からずに【麻痺】にかけられた状態だろう。せめて姿を見せていないとホラーなんじゃあるまいか。

『人間は好かんし、時間をかけては我が次の試合に出られんのじゃ！』

『白、私たちの試合が終わっても、他の試合が終わらないと二回戦始まらないぞ』

白がちょっと固まった。固まっている白の耳の裏をこしょこちょと撫でる。人間嫌いなのに私の膝に収まってなんだかんだ言っても撫でさせてくれるのが感慨深い。時々噛まれるが。

『ええい！　大体、相手が異邦人なら大抵お主よりレベルは下であろう』

フリーズから戻った白が言う。

『え？』

『……』

白、またか、みたいな嫌そうな顔するな。

『お主、ガラハドらに周りを【鑑定】してみろと、何度か忠告を受けておらんかったかの？』

『じと目で見るのやめてください』

言われて顔を背ける私。

そういえば言われた気がする。だが、つい【鑑定】のレベル上げのための見流し作業になっていて【鑑定】はしても詳細は見ていない。勝手に見ることが後ろ暗い気がするせいもある。

『お主は【ドゥルの寵愛】でレベルが上がりやすくなっとるじゃろが！　広場なんぞで見かける大抵の者は高い方でも、いいとこ32、3辺りじゃ』

えー？　ペテロ、35だって言ってた気がするのだが。

お茶漬：ホムラ、試合終わった？
ホムラ：終わったぞ
お茶漬：登録レンガードだよね？
ホムラ：うん？
お茶漬：この短時間に実況掲示板がカオス

うん？

お茶漬に言われて掲示板を眺めるつもりでメニューを開く。

あ、ウィンドウで任意の試合が見られるんだった。

中央上空にある巨大ウィンドウでは、五秒ほどランダムで試合の模様が表示されては切り替わってゆく。自分のウィンドウで選択した試合を、巨大ウィンドウに表示させることも可能だ。自分以外は他の映像を見ていることになるが。

ペテロ達はどうしたかと、教えられたブロックを検索する。ペテロの名前の上に白丸が書かれ、選択しても画像表示されないので、どうやら試合は終わった模様。相手の名前が灰色に暗くなっているのでペテロが勝ったのだろう、そうこうしているうちに本人が帰ってきた。

ペテロ：ただいま。勝ったよw
ホムラ：おかえり、おめでとう
お茶漬：おめおめ
菊　姫：おめでとうでし！
ペテロ：速いと有利だねw　すぐ対策立てられちゃいそうだけどw
ホムラ：やっぱり対策されるんだろうな、困る
お茶漬：ホムラのは困るとかそういう話でもないような……
ペテロ：そういえば、ホムラはパーティー戦なのにもう終わったの？

菊　姫：ひどかったでし
ホムラ：状態異常＋異常中ダメージ増加魔法コンボで瞬殺してきた
お茶漬：あれそういう魔法だったの？
ホムラ：うむ。【風】・【雷】・【光】系統の魔法は速いし便利
菊　姫：せめて名乗るとかないんでしか？
ホムラ：名乗る？
菊　姫：シンとレオはやってたでしよ？
ホムラ：ヤァヤァ、遠からん者は音にも聞け、近くば寄って目にも見よ？
ペテロ：先生、それ勝名乗りｗ
お茶漬：勝ってから名乗るプレイ。……勝名乗りだったのそれ？
ペテロ：平家物語だったかな？　語り手のでっち上げ説もあるね。まあ、もう慣用句になってる
　　　っぽいしいいのかな？　ｗ
菊　姫：せめて戦い始める前に名前名乗って間をおくでしよ！
お茶漬：しゃべらせてももらえない可哀想な対戦相手
ホムラ：そんな、間なんか置いたら攻撃くらって負けてしまうかもしれないじゃないか
ペテロ：全くです。忍びは密やか・迅速がモットーですよ
お茶漬：こんがらがってきた
菊　姫：あ、シンが勝ちそうでしよ

慌ててメニューの『観戦』からブロックを選びシンの名前を捜し、試合の模様をウィンドウに映す。

菊姫の言うとおり、重戦士相手にシンがコンボを決めて勝つところだった。金属鎧を殴るのは殴っている方が痛そうに見え……？

ホムラ：シンの武器、あれはファイアポリプか。なんというか殴られても全く痛くなさそうなんだが

菊　姫：うん、一回目もあの装備で口上叫んでたでし

ペテロ：「吾こそはファスト街の獣人シンなり。敵を征伐するため、今ここに立つ！」

おそらく一回目の個人戦でシンの述べた口上をペテロがなぞる。

水まんじゅうの餡が赤くなったようなぷにぷにつるるん、としたボクシンググローブをもっと丸くしたようなアレをつけて、その口上を告げたのか。

おかしいな、見た目が気に入らなければ外見は変えられると言っておいたはずなんだが。ネタ武器として気に入ったということだろうか。キャラの見た目が渋いだけに、残念すぎるちぐはぐさ。殴るたびぷにぷにと擬音がつきそうだ。

菊　姫：あの武器、見た目あんななのに強いでしよ？

お茶漬：僕らって本当に火力だけはある
ペテロ：耐久がね
菊　姫：紙装甲でし！
ホムラ：痛そうだなおい

話しているとおり、シンは大幅にＨＰを減らしての勝利だ。一撃くらうだけでガクンと減る。

ちなみに試合している者同士では【鑑定】できない限り相手のＨＰは見えないが、見ている者のウィンドウには数値でなくゲージとして可視化されている。観客が試合の駆け引きにピンと来ずとも、ハラハラワクワクできるように、だそうだ。

ところで、闘技場の運営は賭けで成り立っています。

あれです、賭けがある事を知った時に、お茶漬とペテロが私に賭けると言い出して、他の三人も私に賭けた。ご祝儀入札ありがとうございます。

オッズは高いが、ソロ参戦に哀れまれたのか他にも私に賭けた人がちらほらといるようだ。もう一試合くらいは勝ちたいところ。

あとソロ、私だけじゃなかった！　選択を間違えたのか自信満々なのかは謎だが、何名かいる模様。

賭けのオッズが一番低いのは、炎王のパーティーだが、ロイたちのパーティーと人気を二分している。よく攻略アナウンスで名前が流れるので当然といえば当然だろう。

パーティー戦も個人戦も優勝者を当てるだけのものと、優勝準優勝の二つを当てるもの、優勝準優勝が入れ替わっても構わないので決勝に残る二組を当てるもの、など様々だ。

個人戦のほうでは優勝する職業を当てる、なんてものもある。私も、「炎王たち『烈火』とロイたち『クロノス』が決勝進出で賭けてみたので頑張ってほしいところ。

総合にソロ参戦の中にはアキラ君もいたのだが、すでに名前がグレー。ソロ対パーティーの戦い方の参考にしたかったのに、気付いた時にはいなかった。早く気付けば見られたのだが、まあ、負けたなら参考にならんか。住人も数多く参加しているらしい雰囲気なのだが、生憎名前の一覧からはどのパーティーが住人なのか判別がつかなかった。

シン：ただいま～、勝ったぜ！
ペテロ：お疲れ
菊姫：おめでとうでし～
ホムラ：おめでとう！
お茶漬：乙、装備大丈夫？　修理する？
シン：けっこう食らったしなぁ、頼む！
お茶漬：僕の範囲外なのはおとなしくメニューから金払って修理してね
ああ、側にいるとそんなこともできるのだな。私も寂しいから向こうへ行きたい。
シンも【鍛冶】持ちなはずだが、生産はほとんどやっていないらしく、よくお茶漬と菊姫に装備の修繕を頼んでいる。私の通常装備も菊姫のお世話になっている。

『白、王様苺あるぞ、王様苺』

『む、よこすのじゃ』

寂しくなって、つい白を甘やかす。

夢中で食べているところをそっと触ると、反射なのか無意識でやっているのか、首筋の後ろの毛が少し逆立ってぼわっとする。迷惑そうではあるが食べるのをやめない白、ほわほわです。ちょっと癒された。

シン：ホムラ早えぇな〜、勝敗は？
ホムラ：勝ったぞ
菊　姫：瞬殺をみたでし
お茶漬：理不尽をミタ
ペテロ：ｗｗｗ
ホムラ：ひどい
シ　ン：おめおめ？　レオはどうした？
お茶漬：おっと、どうなったかな？
ホムラ：ブロックいくつだっけ？
ペテロ：三十三の上から八番目

ホムラ：ありがとう

ウィンドウを操作して映像を切り替える。
切り替えた途端、いい笑顔で場外に飛んでいくレオの姿。

お茶漬：何があった
ペテロ：敵に吹っ飛ばされたというより、自分で場外に飛んでったような……w
シン：自信満々なオウンゴールを見た気分だ
菊姫：相変わらずよくわからないでし
ホムラ：レオはちょっと目を離して、目を戻すと衝撃的場面になってたりするよな
レオ：ぐああああああああああああ！
菊姫：おかえり
シン：おかえり
ペテロ：おつｗｗ
お茶漬：華麗なる場外
ホムラ：派手だったな、お疲れ

帰ってきたレオを労った後は、ロイや炎王たちの試合を覗いたりして雑談。ペテロは真面目に次

の対戦相手の情報を集めている模様。

そうこうしているうちに私の二戦目の組み合わせが出揃い、再び一斉の試合開始。

お茶漬：ホムラさん、ここはひとつまた見たことがないような攻撃で
菊　姫：話題と言う名の娯楽の提供をするでし！
ホムラ：無茶振りするな！
レ　オ：わははははは！

《総合第二試合を開始いたします》

レオの笑い声を最後に、再び白い光の筒が現れ外界と遮断される。

『白？』

『問題ない』

マッチング時間のカウントダウンが来る前にＯＫを選ぶと、試合のステージに出される。

◇【レンガード】ＶＳ【白銀の騎士】◇
◇Ｒｅａｄｙ◇　◇ＧＯ！◇

開始の合図とともに飛び出して行く白、残像が見えるようだ。

今回の試合で、白がつけた効果は【混乱】。相手は全員パーティー名の白銀色の装備で揃えた、騎士・騎士・聖法使い・聖法使い・精霊使い・魔法使いのちょっと拘りがありそうなパーティー。

騎士がこちらに踏み込もうとして、明後日の方角を向く。聖法使いが何故か力の付与を自分にかけ、魔法使いは杖の向いた方向とは四十五度違った場所、ななめ前にいた聖法使いに魔法を叩き込んでいる。

『む、一人かかっておらんのじゃ』

『聖法使いか。二人いるから一人、精神特化だったのかもしれんな』

一人正気で取り残されて、仲間に一所懸命『混乱回復』をかけている。

ガラハドが混乱にかかったときは即座に治していたし、冷静に混乱状態を見るのは初めてかもしれないな、と思いつつ。

「【風水】『氷原』」

攻撃になるかどうかは知らんが、お茶漬の要望を叶えてみる。【風水】は地形を変え、極端な地形はそれによるダメージを与えることもある。本来は水脈を見つけて泉を作ったり、森を生やしたり、雨を降らせたり、自然の気が歪まないようゆっくり整えるスキルであるらしい。気は精霊とも置き換えられる。私は精霊に逃げられれをくらっているが。

『氷原』を選んだのは特に意味はなく、相手パーティーの名前から連想しただけだ。さて、『氷原』の付加効果は寒さによる『時間と共に徐々にＨＰが減少《スリップダメージ》』か、はたまた『凍結』か。

【風水】の地形効果の便利なところは、治しても原因たる地形気候に囲まれていれば、即座にまた同じ状態異常にかかることである。

「うわあああああっ！」

「と、とまらない！」

「きゃあっ！」

「こ、こないでぇぇ」

あれです、対戦相手が氷面を面白いように滑って行きます。

騎士一が混乱から癒え、再びこちらに向かうために大きく踏み出した矢先の出来事。側にいた別の騎士二を巻き込んでさらに加速して滑って行く。

『凍結』とか『凍傷』は『氷河』や『吹雪』があるのでそちらの様子。当然私も氷と化したステージにいるのだが、『浮遊のサイハイブーツ』で浮いているため、無問題だ。地に足が着いていたところで【運び】もあるので滑ることはないだろうけれど。

あ、一人落ちた。

『お主、ひどいのぅ』

『大勢の混乱と滑って行く様はなかなかヘンだな、何故か若干嬉しそうに見える』

『闘技大会に張り切って出場しただろうに……、せめて魔法で屠ってやるのじゃ』

確かに騎士が、屁っ放り腰の四つん這いで悲鳴をあげながら滑って行って場外に落ちる姿は哀愁漂うものがある。仕方がない、武士の情けだ。

「『フロストフラワー』」

『フロストフラワー』×3。

【雷】と共に大会に向けてスキル上げをしてきたので、【氷】は34までスキルレベルが上がっている。

だが、レベル30で覚えた魔法は単体対象の『雪の抱擁』で、敵一体を雪で閉じ込め行動を阻害、MPを吸い取る補助魔法。ちょっと今の場面には向かない、一回戦と同じくここの選択は範囲魔法だろうと。

作られる氷の彫像。

だがしかし、滑っている最中の姿。その滑稽な氷の彫像にヒビが入り砕け散る。

《レンガード　WIN!》

地形効果・気候効果と相性のいい魔法は攻撃力やその効果が強くなるんだったな……。

ホムラ：ただいま
菊　姫：ドS様おかえりなさいでし
お茶漬：おかえりなさいドS様
レ　オ：おめでとう、ドS様！　わはははは っ！
ホムラ：ぶっ！　人聞きの悪い！
菊　姫：あ、シン痛そう
お茶漬：どれどれ？

ホムラ：スルーっ⁉

二回戦を勝利して戻ったらこの対応。ひどい。

『白、クランメンツがひどいんです』

『日頃の行いじゃの』

『日々品行方正に生きてるのに！』

『茶を所望するのじゃ』

白にまでスルーされた！

言われたとおりお茶をだしつつ白をもふりまくる私。おのれ……っ、いい手触りしおって！

腹の毛はどこまでも柔らかく、腹もまた柔らかいためまさにストレスフリーな柔らかさ。胸は胸骨があるのであれだが、こちらはこちらで立派な胸毛がもっふもふなのだ、指が本体に届くまでかなりのもふもふ！　いつかこの腹と胸に顔を埋めたい。

ペテロかシンか少し迷ったが、菊姫の「痛そう」という言葉にシンの試合を映し出す。

個人戦のほうがパーティー戦のほうより若干進みが早い。回復・防御重視同士のパーティーが当たるとどうしても長引くからだ。

シンの相手は剣士のようで、その場で隙を窺うように細かくステップを踏んでいるシンに対して、顔の左脇に垂直に剣を構え、摺り足でジリジリと間合いを計っている。菊姫の言うとおり、シンのＨＰは大分減っている。相手も減らしているようだが、シンよりは多い。生命活性薬を飲んでいるのかジリジリとゲージは回復しているが、お互い痛いスキルを食らったらまずそうな具合だ。

レ　オ：薬飲めばいいのに
ホムラ：飲んでるところに斬りかかってきそうじゃないか？
お茶漬：さっきから間合いとらせてもらえないみたい
菊　姫：でも回復してってるでし
ホムラ：回復する前に仕掛けてくるかな？
お茶漬：相手もジリジリ回復してってるね
菊　姫：シンのほうが回復してる？
お茶漬：魔法剣士よりＨＰ総量多いから、回復量も多いかな

剣士ではなく私とご同業の魔法剣士か。

ホムラ：自分のＨＰが、カウンターくらっても耐えられそうなくらいまで回復したら、仕掛けてくるかな？
お茶漬：シンの方が回復しちゃったらまずいし、そんくらいできそうね
ホムラ：それにしてもあの構え、刀みたいに曲刀じゃないし、振り下ろすの大変そうなんだが
ペテロ：格好はいいけど、体に剣を引き付け過ぎてて窮屈そうだね

菊　姫：ペテロ、おかえりでし～
レ　オ：おかえり！
ホムラ：終わったのか、おかえり
お茶漬：おかおか、勝敗は？
ペテロ：勝ちましたw
ホムラ：おめでとう！
菊　姫：おめでとうでし！
レ　オ：おめおめ！
お茶漬：おめー
ペテロ：ありがとうw

剣士が何か叫んで――たぶんスキル名――、一気に間合いを詰める。間合いに入る前に振り下ろされた剣を追うように雷が発生し、シンへと届く。一気にＨＰゲージが減った。

ホムラ：うを、何だ？
ペテロ：ホムラ、あれが魔法剣士というものですよ？　w
お茶漬：剣士始まりかな？　とてもとても普通の魔法剣士ですね
菊　姫：雷は珍しいけど、魔法効果付きは一般的でし！

レ　オ：技名くらい音声欲しい！
ホムラ：あれが魔法剣士……
お茶漬：どっかの魔法ｄｅ剣士とは違うね
ホムラ：なんかディスられてる気がする！
ペテロ：普通の魔法より速いんで、あれ避けきるの難しいｗ
菊　姫：剣士始まりだとＭＰ不足でたくさんは使えないでし
レ　オ：バリバリ
菊　姫：ちょっと、レオ、こぼしてるでしよ！

とりあえずアレが標準的魔法剣士のようだ。私がソロであっちへふらふら、こっちへふらふらとしている間、みんなは順調に攻略を進めている、どうにも私には知識の抜けがあるようだ。

魔法剣士は、剣と魔法、両方当ててダメージを与えるのが理想だが、今シンの対戦相手が使ったように、魔法だけ飛ばして当てることも可能なようだ。普通に魔法を発動するよりも速い。

【風】・【雷】・【光】はそうでもないが、魔法が発動し、エフェクトが現れ着弾するまでに少々タイムラグがでる。近づいて零距離無詠唱発動してもいいが、すでに剣に宿った魔法を飛ばす方が、距離があるならば速い。ただし、魔法自体の威力は落ちるそうだが。『エンチャント』を使用して真面目に魔法剣士系のスキルを出して試してみたいところ。スキルポイントないけどな！

それにしてもレオは何食ってるんだろう？

お茶漬：ＭＰ配分考えて、弱い魔法を常時つけて通常ダメージ底上げするか、今の人みたいに強い魔法とスキル組み合わせて必殺技的に使うかどっちかかな
ホムラ：魔術士始まりはその点ＭＰに心配はないぞ
ペテロ：魔術士始まりって、普通は素早さ《AGI》低くて遅いでしょ。近接アタッカーとしては致命的だからｗ
お茶漬：固定砲台なら魔法使いそのまんまでいいもん
菊　姫：魔法剣士になってからレベルどんどんあがればステータスたりるんでし？
お茶漬：30超えるとガクッと上がらなくなるしキツイかな
ペテロ：まあ、諦めずにやれば大器晩成型？　大体は諦めて魔法使いに戻ってるね
お茶漬：遠距離物理警戒して小盾系だけ取って戻るとか多いみたいよ？
レ　オ：バリバリ　パリリッ
ペテロ：それにしてもあれ、魔法だけじゃなくって剣のほうもきっちり当ててたら決まってたね
お茶漬：今反撃にでてるけど、さっきコンボきれちゃってるし、シンも厳しいかな？

　魔法剣使用でというか、届かない切っ先を振りきったことによって生じた隙を逃さず、シンが反撃に転じている。正しくは、魔法に当たることは諦めてそのまま突っ込んで行き、わずかに残った危ういＨＰのまま攻撃を繋いでいる。

四コンボ、五コンボ、コンボをつなぐたび、シンの体を包む風が湧き上がるようなエフェクトが大きく濃くなってゆく。

過去に「三コンボしかできねぇ！」と嘆いていたが、使える【技】を増やし、一時的に減ったEPゲージをすぐ元に戻す回復のコンボを覚えたあたりで、今度はいかに火力を出すかを研究しているらしい。

体勢を戻した相手の攻撃を、回避コンボを合わせてすり抜ける。

菊　姫：いけそうでし！
ペテロ：おお！
レ　オ：いえけぇぇぇぇえええッ！！！

魔拳士のシンの十コンボ以降に発動することができる【鳳凰火炎拳】。

拳から燃え上がった炎は尾をひくように腕を包み宙にたなびく。

拳を魔法剣士の鳩尾に叩きこむと、派手に燃え上がるエフェクト、そのエフェクトが消える前に魔法剣士が光の粒になって消えた。

攻撃をきっちり叩き込んだシンの勝ちだ。

シ　ン：イェーイ！　俺のファイア・ポリプが火を噴くぜ！

お茶漬：おめおめ
菊　姫：かっこよかったでしょ。さっきまでは
レ　オ：おめ！　すげぇギリギリの逆転劇！
ホムラ：おめでとう！　すり抜けからの大技が格好よかった
ペテロ：ハラハラしたｗ　おめでとう
シ　ン：へへ、相手が大技使った後で次の技が使えないのわかってたのもあって、運良く合わせられた！
お茶漬：なにはともあれ、三人とも二回戦突破おめでとう
シ　ン：おー、みんなも勝ったか！　おめおめ！
ペテロ：ありありｗ
ホムラ：ありがとう

合間にだらだら喋りつつ、試合をこなしていく。参加者が多いために結構な試合数だ、そして待ち時間が長い。

ようやく次の試合、相手はパーティー【お試し参加】。闘技大会は初めてだからな、私も含めてそんな気持ちでの参加者は多いはず。

さっきは【風水】『氷原』、今回は『溶岩』でいこうか。

◇【レンガード】ＶＳ【お試し参加】◇
◇Ｒｅａｄｙ◇　◇ＧＯ！◇

「おおお？」

「スクショ、スクショ」

「レンガード様、ＳＳＳということは皇帝？」

「大きな参加記念！」

「うをー！　従業員さんの邪魔がない！」

「なるべく傍で、アップで！　記念を！」

何やら武器も構えず、こっちに向かって走ってきた！

【風水】『溶岩』

咄嗟《とっさ》に試合前から決めていたスキルを使う。

「ぎゃあああああああ!!」

「きゃあっ」

「嫌ああああああっ」

「熱い、熱い！」

「ぐあああああっ」

「ひいいいいっ」

私に届く前に、次々にオレンジ色の溶岩に沈んでいく。HPの低い聖法使いに至っては、なんかそのままこう……。たとえ盾役に信頼があっても、やはりHPはある程度ないとまずいな。

溶岩を避け、固まっている黒い場所に慌てて上がる残りのメンバー。溶岩による【燃焼】ダメージをくらっているようだ。

「【灼熱】『マグマ』」

レベル15。低めのレベルの魔法なのだが――うん。地形効果も加算されて、ひどいことになっている。具体的に言うと、温度の低い黒い場が無くなった。ステージ上にダメージを受けない場所が無くなったとも言う。

とぷんと私以外の全員が、少し粘度の高いオレンジ色の液体に飲み込まれて終了。さらば見知らぬ者たちよ！

《レンガード　ＷＩＮ！》

結構な地獄絵図だった気がしたが、まあ気にしない方向で。

そんなことより白の帰還時間が来てしまい、今現在、魅惑の毛玉が留守だ。ボックス席《ここ》に一人は寂しい。

お茶漬・えげつない

シ　ン：ひでぇ！
菊　姫：終わるの早かったでしねぇ
レ　オ：燃えた？　溶けた？
ペテロ：何で魔法使いまで走っていったの？

ボックス席にもどると聞こえてくるクラン会話。

ホムラ：なんかスクショとか記念とか叫びながら走ってきた。意味不明で怖かったです
ペテロ：笑うｗ
お茶漬：何を言われてもひどいのは変わらない件
菊　姫：並んで記念撮影でしか？

フルダイブ型なのでスクリーンショットというのはおかしな話なのだが、ゲーム内で写真を撮ることを伝統的に未だスクショと呼んでいる。

レ　オ：鉄壁の守り！　鉄壁のひどさ！
シ　ン：前半は近接職泣かせだって思ったが、後半遠距離職も漏れなく沈んでたな
お茶漬：対戦相手、可哀想

菊　姫：この調子で、どんどんいくでしょ
レ　オ：菊姫、えげつない
シ　ン：幼女、こええ
菊　姫：ホムラに賭けてるでしょ

そして再びの待ち時間。

レ　オ：秋田！
ペテロ：待ち時間長いしね。知り合いの試合は楽しめるけどw
ホムラ：知らん人たちのは別に興味がないな
シ　ン：修行場とか欲しいぜ
お茶漬：君たち瞬殺とか、肉を切らせて骨を断つとか無茶ばっかりして試合時間短すぎ！
シ　ン：相手が回復持ちだと、なげーんだもん！
ホムラ：パーティー戦《こっち》とかもう個人戦《そっち》と一回戦分の差がついたぞ
菊　姫：カードゲームが闘技場メニューにあるでしょ、対戦する？
レ　オ：するする

あれです、ボードゲームやカードゲーム等の項目が結構な数ありました。何しに来てるんだお前ら？　と言われそうだが、あるのだからしょうがない。

ここでもシルを賭けての勝負になっているところが徹底している。連続で勝利すれば、相手の賭け金だけでなく、闘技場が用意したちょっとしたアイテムがもらえる代わり、ゲームの代金として賭け金の五%が闘技場に支払われる。闘技場メニューから選べるゲームは、闘技場内であれば離れていてもネットゲームのような感覚でプレイ可能な上、ここには併設してカジノもあり、そこにカードゲームやボードゲーム専用の部屋もある、対面してゲームができるそうだ。

観客席と同じく、カジノに居ても試合の順番が来れば呼び出しされるので、そこで時間を潰すのも手であるが、スロットマシンなんかも並んでいて、シンとレオにはとても危険な場所だ。本人が気づくまで教えない方向で他のメンツと話が一致している。

「普通のゲームでも、プレイヤーが持っている金の回収は、あの手この手で運営がするからね」とはペテロの言だ。

なかなか世知辛いが、この世界では一応インフラ整備などに使われるようなので良しとする。おかげで一般のファガットの税金は安いらしいぞ！……冒険者も定住すると税金がかかるそうです、世知辛い。

そんなこんなで準々決勝、個人はペテロがまだ残っている。シンは残念ながらあの魔法剣士で燃え尽きたらしく、次の試合でぼろ負けした。魔法剣士のほうが強そうだったんだがな、相性もあるのだろう。

私の出るパーティー戦は、知らんパーティー1と黒百合の【黒百合姫】、ロイのところの【クロノス】と炎王の【烈火】、知らんパーティー2と私が残っている。

ホムラ：私、ロイと炎王に賭けてたのに！
ペテロ：準々決勝からはブロックそのまま上がるんじゃなくって、組み合わせはまた抽選だからねw
お茶漬：自分に賭ければよかったのに
ホムラ：そんな不毛な。それに一方的になる試合に賭けても面白くないし
菊　姫：一方的な自覚はあったでしね
ホムラ：流石になんかちょっとおかしいと思いました
シ　ン：ちょっとなのかよ！
ホムラ：こう、シンとか見ていると自分は装備とスキル頼りだな的な

努力の対価が強さにつながる、尊ぶべきことだが必ず報われるなどと現実世界ではまったく思わんのだが、こっちでは結構報われる。もうちょっとカルとの訓練時間を増やしてもらおうか。シンを見てたら努力も悪くない気がしてきた。ここまで訓練の成果が全く生かされてないというか、出番が来ていないが。

ペテロ：ホムラも五百匹斬りとか一人闘牛大会とかやってるじゃない？
ホムラ：それは趣味
レ　オ：わはははは！

菊　姫：ひどい趣味でし！
お茶漬：そういえばホムラ、くるくるするの好きなハムスターだったっけね
シ　ン：攻略方法考えてるより実際行って戦いたいよな！

基本やりたいことしかやっていません。

ハムスターが回し車を延々回すがごとく、そこに敵がいれば倒したくなるし、ダンジョンがあれば目当てのアイテムがでるまで延々潜るのは仕方がないことなのだ！

因みに私の場合、アイテム＝レアではないので、すでに低価格で投げ売られているものを「拾ったことがない」という理由で手に入れるべく同じボスを延々倒していたことがある。

具体的に言うと以前のゲームで『座布団』が欲しくて五日間こもった。呆れた友人がくれた『座布団』をいらんわ!!　と叫んで投げ返した思い出。

というか、五人がかりで私の部屋いっぱいに『座布団』を敷き詰めやがりましたよこのメンツ。お返しにそのボスのレアドロップ、『ボスの生首オーナメント』をそれぞれの部屋の入り口に家具テロしておいたが。売ったら高いのにその生首はテロ家具として、どんどん違う友人の部屋に回されていった思い出。最終的に十体に増えて全てがお茶漬の部屋に集結していた。

などと思っていたら試合の時間が来た。

あ、私もしかしてロイと炎王のところの試合観戦出来ないのか？　毎度お馴染み白い光に包まれステージに転移されながら思う。

◇【レンガード】VS【アマテラス】◇
◇Ready◇　◇GO!◇

「【風水】『水たまり』」

相手の確認もしないまま、始まると同時に仕掛けを少々。白がいないのだから自分でやるしかない。

「おっと！　しょぼいな！」

大盾持ちの薄い緑の髪の剣士が叫ぶ、薄いのは色であって頭頂部ではない。

「ラッキーですの」

長い袖の中に半分隠れた手で、杖を握るロリ魔法使い。

「NPCの限界が！」

オレンジの髪の話し方が男っぽいロリ武闘家、NPCってなんだ？

「気をつけて、これはこれで足を取られます！」

盗賊の猫耳で長めの黒髪の毛先だけ緩く丸まったやっぱりロリ。

他に無言の二人、金髪エルフロリ巨乳の聖法使いとピンクの髪のロリ魔法使い。聖法使いはまだ何もくらっていないのに回復魔法準備に入っている。

ロリばかりだなこのパーティー、そしてどの辺がアマテラス？

「速さ優先ですぅ！『ふぁいあにーどる』」

呪文をやたら舌たらずの言い方で唱え、初期魔法を放ってくる。『ファイアニードル』の出現本数が十本以上と多いので、本来なら高位の【火魔法】が使用できるのだろう。

「えっ！」

「ニードルとは言え、まりんの知力《INT》乗せてるのに……っ」

「ノーダメージかよ！」

「無効化⁉」

ファイアニードルと聞いた時点で避ける気が無くなった。【火の制圧者】と『炎の雫』を加えた装備でホルスとやったときより【火】には強くなっている。

スキル名を叫ぶのはやはりよろしくないようだ、イメージするのに慣れたらせっかく【無詠唱】があるのだし、ソロでは無言で発動するように癖をつけたいところ。逆にパーティーではお互いの行動がわかっていないと不都合が出るので、不要であってもスキル名はなるべく口にする。

そして相手の魔法使いではないが、今は避けるより速度を優先したい。

【雷魔法】『雷神の鉾』×3を早速無言で発動。

『湖』もあるがそこまで行くと深すぎる。【風水】には『海』もあるがやはり深い。深いと直ぐに四散してしまって届かない。『氷原』は伝導率が悪い。

『水たまり』がちょうどいい。

空から降りた『雷神の鉾』は相手を貫き、そのまま水たまりのある床へ。雷に打たれた水はもう一度、水に浸かっているものに雷を返す。ダメージさらに倍！　みたいな何か。

ダメージ増量は予測していたのだが、水面を走るピリピリとした電流と、人同士の間に飛び火ならぬ飛び雷して横に稲妻が走る様子は予想外。

《レンガード　WIN！》

すまん、私、ロイVS炎王みたいんです。


試合から戻って急いでメニュー操作、ペテロの試合を見る。

ペテロの試合はスピード重視型速攻か、強毒にしてあとは避け続けるか、大体どちらかなので、どちらの展開になっているか確認してからロイと炎王たちの試合を見るつもりだ。一応、四分割もできるし、闘技場上空の巨大ウィンドウと手元のウィンドウに別々に試合を映し出すこともできるのだが、両方に意識をやる器用なことはできそうにない。

ペテロは頭巾をかぶっている。宗十郎頭巾、俗にイカ頭巾と言われるあっちではなく、頭の形に丸くなっている御高祖《おこそ》頭巾のほうだ。イカのほうは元々の形が複雑だが、御高祖頭巾のほうは、やろうと思えば幅広の布で事足りる。目元だけを覗かせた頭巾の額には鉢金。

頼まれた『認識阻害』は布のほうについている。金属のほうがつくのかと思いきや、ペテロが持ってきた、認識阻害装備に関する本には、主に布への付与方法が沢山載っていた。うん、綺麗なお姉さんのいっぱいいるお店で見えそうで見えない装備の説明がですね……無駄な知識が増えた！

そして男心を打ち砕く詐欺のにおい！

というか、ペテロ。何故こんな本を持っているのか。どこで手に入れてきたんだろう？　作業の参考にはなったことは確かだが。

あれ、だが私、普通にペテロの顔、目の部分だけで見分けがつくし、トーナメントの名前もペテロの登録名【黒の暗殺者（ペテロ）】ってカッコつきで見えるのだが、これはその手の店に行っても見放題ということだろうか、行ったことないが……。

……。

うん、安定の毒展開ですね。

相手も『毒消し』、『強毒消し』は用意があるのだろうが、治してもすぐ次の毒を入れられる。薬はリキャストの最中に続けて使うと、それ自体が毒になる物が多い。治癒士や聖法使いの『解毒』が楽だが、薬で回復するにしても魔法で回復するにしても隙になる。

シンのようにファストブリムで放置して、毒蛇にガブガブ噛まれて【耐毒】上げした相手が出れば厄介だが。「次回はきっと対策されちゃうね」とペテロ自身が言っていた。

今のところ、使いどころが限られる耐性系にスキルポイントを使うよりも、もっと直接的にダメージや回復、防御に関わるスキルを取る者のほうが圧倒的に多い。

ペテロの毒もそうだが、【風水】の地形・環境ダメージもダンジョンにそういった要素が出始めれば、あっという間に対策を取られそうだ。

スキルポイント対策としては幻想ルートで耐性系のスキル石を手に入れることで解決する。迷宮でも地形・環境ダメージはまだ少ないが、これから本格的に出てくるのかもしれない、ちょっと真面目にスキル石を集めたいところ。

ペテロの相手は見た目からして重装備戦士だが、器用に肌の露出している狭い部分に狙いを定めて浅く斬りつけ、毒を流し込んでいく。弱点をついて大ダメージを与えようなどと無理はしない。うん、時々はっちゃけるが少なくとも今回も堅実に行っている。一撃は大きいがペテロと素早さに雲泥の差がある、この分なら重戦士が発動の速いスキルを使ってきたとしても避けきるだろう。

安心してロイと炎王たちの試合に目を移す。

ホムラ：ただいま
菊　姫：おかえりでし
シ　ン：おかえり
レ　オ：わはは、おめおめ
お茶漬：相変わらず早い

帰還の挨拶をしつつ、ウィンドウを見る。自分といつものメンツ以外、プレイヤーの戦闘は見る機会がないのでどんな戦い方をするか楽しみなのだ。当然だがすでに試合は始まっている、炎王の攻撃をロイが防いでおり、それぞれの回復役を弓使いが狙う。

クラン【クロノス】は盾系戦士のロイ、隠者のクラウ、格闘家の暁、聖法使いのシラユリ、義賊のモミジ、弓使いのカエデ。

ホムラ：義賊ってなんだ？
お茶漬：モミジ？
ホムラ：そう
お茶漬：【回復】と攻撃スキルの【銭投げ】持ってる盗賊、かな
ホムラ：貧しい家に配るのではなくて敵に投げつけるのか
菊　姫：お財布に優しくない技でし！
シ　ン：ジョブチェンジしてもオレとレオには使えねぇ技！
お茶漬：高額投げるほど強力なのはお約束
ペテロ：【銭投げ】はレベルが上がれば、色々効果もつくみたいだねw　相手が持っているシルと自分のシルの差額の十分の一『シルを盗む』とか、お金持ちに投げると、差額分ダメージとか。ただいま
ホムラ：あれ？　早いな。毒待ちパターンで時間かかるかと思っていた
ペテロ：HP1残す【自爆】くらって負けましたw
シ　ン：えぇ～っ！　安パイだとおもってたのに！
ペテロ：避け様のない広範囲はやばいねw　何か対策しないと
お茶漬：耐久の問題が浮き彫りに

ホムラ：すまん。いつものパターンに嵌っていたから、大丈夫だと思って見てなかった

レ　オ：派手だった！　あれ欲しい！！！

菊　姫：ハイリスクハイリターンすぎるでし！　わたちの側で使うのはやめるでしよ？

シ　ン：ところで職業ってこっから【鑑定】できんの？

お茶漬：あのメンツはパートナーカードがあるでしょ

ペテロの試合は毎度同じパターンだったので油断してた、見とけばよかったな。レオは見ていたみたいだが、ヤツは本当に何処を目指すつもりなのか。

そして【義賊】怖い。今やるべきことは手持ちの金を預けられるところを探すことな気がする。カジノに現金引き出し用とかで商業ギルドのストレージないかな。あれ、スロットマシンなんかはともかく、賭けってここからもできるよな？

——無事、闘技場の端末から預けられてホッとした。闘技場で死んでもデスペナルティーやロストが無いと思って油断していた。まめに預ける癖をつけんと、レオのようになってしまう。

全部持ち歩いているわけでは無いが、恐ろしいことに所持金は三億を超えてる。『属性石』の買取をちょっとお高めに設定しているにもかかわらず、だ。差額ダメージを使われたら、私はモミジに瞬殺されるんじゃなかろうか。危ないところだった。

ホムラ：『銭投げ』って避ける方法あるのか？

ペテロ：命中率は高めだし、今のところ攻撃範囲内に入らないことくらい？
お茶漬：【飛び道具軽減】とかそのへん。あと単純に盾
ホムラ：盾、有効なのか！
お茶漬：盾職以外への攻撃に絶大な効果を発揮するんですよ
ペテロ：盾職の攻撃を自分に誘導する系のスキルは無効ですねw
レ　オ：こええ！
シ　ン：貧乏になっちゃう、いやん
菊　姫：それは元々でし
ホムラ：盾持ってなくてはダメか……
お茶漬：魔法でも【盾】系あったような？

盾職のスキルには、スキルの軌道を自分に向けるものがある。例えば私を狙って【投石】をされた場合、菊姫がスキルを使うと石は途中で菊姫に軌道を変える。『銭投げ』はそれが効かないスキルのようだ。

シ　ン：おっと、試合、試合

シンの言葉に意識を対戦に戻す。クラン【烈火】は剣系戦士の炎王、盾系戦士の大地、武闘家ギルヴァイツア、弓使いクルル、魔法使いハルナ、聖法使いコレト。最後の二人は一緒にパーティー

を組んだことが無いのでどういう人となりなのか謎だ。

ペテロ：正統派パーティー同士だね
お茶漬：見てて安心できる。これくらい安定してたら僕も回復読みやすいのに！
シ　ン：気のせい気のせい。フィーリングが一番だぜ！
レ　オ：わははは！
菊　姫：うちはやっぱりイロモノなんでしか
ホムラ：色物というか、ちょっとトリッキーパーティーな気はしないでもない
ペテロ：構成的には普通だよね、シーフ系二人で速攻型か状態異常型かってとこだけど
お茶漬：でも正統派かって聞かれたら即答できない
ホムラ：個性

クラウが【木魔法】か【ドルイド】かどちらかの魔法を使ったのだろう、【烈火】側の全員に薄茶色い何かの芽のようなものが数本生えた。

シ　ン：うぇ、きもい
ペテロ：【木魔法】の『冬虫夏草』かな。HPとMPを一定時間少しずつ吸い取る魔法だね
レ　オ：うわー、カビ色に変わってきた！

シン：ペテロ、よく魔法の効果なんか把握してんな
ペテロ：掲示板で。基本魔法はレベル35くらいまで一覧まとめ載ってるよｗ
ホムラ：覚えきれない何か
お茶漬：ホムラは把握しなきゃでしょ！
ペテロ：複合や上位魔法は持ってる祝福とかで、少し変わるようだしまだ謎が多いのかな？　ｗ

すまん、基本も覚えきれていません。

魔法の種類が多い上に、中には人前で使いたくないとか色々こう。とりあえず、タシャは『薔薇の檻』と『冬虫夏草』の【木魔法】の見た目をなんとかしてくれんか。

私もスキルを隅々まで把握して、弱いと言われるような技を組み合わせて勝つ！　とか華麗にしてみたい気はちょっとするのだが。

そんな行動に向いているのがクラウで、一発でＨＰを大量に削る！　とかではなく、チェスか詰将棋みたいな数手先で確実に仕留める、静かな侵食みたいな戦い方をする。

炎王のところの魔法使いはハルナ、容姿は謎。ローブのフードを目深にかぶっていて顔が見えない。完全に固定砲台、そして無詠唱。

と、言っても私のスキルの【無詠唱】と同じわけではなく、自分の周りにウィンドウをいくつも展開して、パネル操作をしている。正面には本が開いて浮いているのだが操作の度に頁がめくれ、呪文の詠唱の代わりなのか、魔法文字っぽいものが空中に現れ発動と同時に弾けてゆく。

なんか電子オルガンでも弾いているかのような指さばき。こちらも詠唱の長い高レベル呪文を避けて、早く発動する魔法をいくつも組み合わせているようだ。避けた先にもう一発とか。【結界】なのか、お茶漬の言っていた【盾】系の魔法なのか、自分でも防御をしている、なかなか多芸。

ホムラ：炎王のところの魔法使い、変わっているな。武器は本？
シ　ン：プログラミングでもやってるみてぇだな
菊　姫：強いでしよ。盾がちゃんと守り切るの前提でしが
お茶漬：ハルナは固定砲台で、速さ的に避けるのは不得意みたい
ペテロ：高ダメージの魔法使いたいんだろうけど、お互いすかさず弓使いが止めてて、発動早いのしか打ててない。でも、二人とも手数的にW《ダブル》スキル持ってそうね
レ　オ：ギルヴァイツアとモミジがデコボコすぎw
お茶漬：パーティー戦なのに、リーダー同士がソロみたいになっちゃってるし

炎王VSロイ状態で、他はそっちのけで傍目にも白熱して戦っている。【烈火】には大地がいるが、【クロノス】は盾が留守状態なので、カエデ・モミジが魔法を潰し、暁とクラウでシラユリを守りつつ他の攻撃を潰している感じか。ただ守りに徹していると見せかけて、クラウが時々挟む状態異常系の魔法が全体を地味に削っている。

クラウとハルナの多彩な魔法の応酬。時々魔法同士をぶつけて、相殺も。どう考えても効果だけ

でなく発動までの長さなども勘定に入れて瞬時に発動している。よく覚えてるな、見習いたいところ。

シン：あー、ギルさんさすがだなぁ、コンボ切れない
ペテロ：暁はちょっとクラウとシラユリ守らなきゃだから位置取り辛そうね
レオ：剣戟は派手！　他は地味！
お茶漬：脳筋二人と、それ以外の頭脳派
ペテロ：感じ方で自分がどっちのタイプか分かるw
ホムラ：派手&頭脳派と感じた私はニュートラル
菊姫：ホムラは考えて準備して、最後の最後に気が変わって力業でしね
シン：わかる！
ホムラ：ひどいが否定できない何か
ペテロ：おお
シン：お、新技！　見たことねぇヤツ！

ギルヴァイツアが暁を正面に、背後のクラウ、シラユリを巻き込んで派手なエフェクトのついた大技を放った。一貫してモミジを相手にしていたところでの方向転換だ。しかも先程話題に出た【自爆】ではないが、自分のＨＰも削れる大技。あっという間にフリーになったモミジの餌食だ。
だがしかし、同時にクラウとシラユリがクルルとハルナに沈められた。

お茶漬：これは終わった
ペテロ：バランス崩れたねｗ

二人の言葉通り、この後すぐに【烈火】の勝利が確定した。盾と回復役がいないのだから当然だろう。

うん、何か炎王がステージの上で残ったパーティーの面々にお説教食らっておるが、これは控え室でロイが同じ目にあっている気配。


準決勝は、黒百合の【黒百合姫】、炎王の【烈火】、私、そしてシードの誰か。シード権を持つくらいだから強いのだろうが、誰だろう？　人数合わせの住人だろうか？　前回の優勝者とかだったら嫌だな。宿屋で聞いた噂話だと引退してそうなんだが。

『白さんや』

『珍しく前回から呼び出すのが早いの』

『まあ、再召喚できる時間はきたが、召喚していられる時間は全回復していないな。だが次と次くらいは時間持つだろう？』

『ふん、準決勝か』

白が対戦表を見て鼻を鳴らす。

『シードがどんなヤツ等かわからんが、白がいれば心強い』

照れた白に噛まれた不条理。
本気噛みではないし、可愛いからいいのだが。
闘技場上空の巨大ウィンドウでは対戦カードがシャッフルされ対戦表に収まってゆく。

【烈火】VS【黒百合姫】
【レンガード】VS【バベル&ホルス】

……。
お前等か！

五　闘技大会『バハムート』

穴だ。
黒々とした底の見えない穴。
私の足元に口を開ける全てを飲み込む黒い影。
クレーターのようにすり鉢状になることもなく、ただただ唐突に大地がない。
辛うじて光の当たる穴の入り口は垂直な崖。

黒々と底の見えない影を飲み込む大きな空洞。

うん、証拠隠滅しよう。

【風水】『平地』。平らな地面が現れ、穴は無くなったがステージは跡形もない。

【時魔法】『時遡』。ステージがパズルのピースがはまって行くように元に戻る。

壊れた生産物を直すというか、耐久１に戻す魔法なのだが、こんな大きなものにも対応していたようだ。耐久１なだけあって、修理をせんと使えないが見た目だけなら元どおりだ。

《レンガード　ＷＩＮ！》

ホムラ：ただいま

ペテロ：ｗｗｗ

お茶漬：悪！　役！

シ　ン：破壊魔登場！

レ　オ：わははは！

菊　姫：容赦ないでし！

ホムラ：こんな予定じゃなかった！

お茶漬：じゃあ、どういう予定だったの？

ホムラ：闘技場じゃなくて人に穴が開く的な？
菊　姫：スプラッターでしか？
ペテロ：どっちも酷いからｗ
シン：悪役乙！
ホムラ：どうしてこうなった！

始まりは私の胸に光る青。

バハムートが宿る『蒼月の露』。チラチラと光っているな、と思えば、それは『蒼月の露』が小刻みに震え、陽の光を反射しているからだった。

『なんかこう、バハムートが出たがってる？』

『不穏なことを言うでない！』

『ぴぎゃ』

思い当たることを口に出せば白が窘めてきた、そしてぴぎゃ。

『ぴぎゃ？』

『……』

白を撫でる手を止めて聞き返すが、白は動きを止めて固まっている。

先ほどの声は白ではないようだ。と、いうことは。

『ん？　バハムートも【念話】か？』

『ぴぎゃ！』

元気よく鳴き声を上げる。闘技大会までの数日間、『闇の指輪』で力を流し込んでいたためだろう、どうやら意思表示ができる程度には回復したようだ。

『歳経た竜といえば、言語も自由だった記憶があるのじゃが……』

白が硬直から復活した。

『ずっと話すことがなかったからとか？』

『そうなのかの？』

『ぴぎゃ』

可愛いからこれでもいいと思います。

『……バハムートも参加するのかの？』

『ぴぎゃ！』

白の問いかけは私にだったようだが、バハムートから元気な返事。どうやら参加したくて起き出した模様。

『まだ完全に回復していない気がするんだが。きっちり全快してからでないと、また寝込むことになるぞ？』

『ぴぎゃっ！』

『バハムートが寝込む、妙な表現じゃの。出してやってもいいのではないか？　我としてはできればまだ寝込んでいてもらいたいのじゃが』

我が完全復活したところで危ういというのに、などとぶつぶつ言っている白。私としては炎王たちはともかく、バベルとホルスにはズボッといっちゃっても心が痛まない気がする。試合中なら、住人であっても後で復活するわけだし、ちょっとバハムートさんにトラウマ植えつけてもらって、寄ってこないようにこう……。

『お主、何か悪いこと考えてるじゃろ』

白にジト目で見られた。

バベルとホルスは私のコピー、ステータスとスキル、装備の能力は同等。ただし、精霊や召喚獣、神々からの好感度は全プレイヤーの平均値設定なので本物より多少弱いらしい。

……多少？　私のおかしなところって大部分が神々や白、バハムートとの好感度に寄っているのだと思うのだが。そして、コピられた能力は戦闘時のもの、あの時からスキルレベルも上がっているし、苦戦はするだろうが大丈夫、いや相手は二人だ。

『二人とは一度対戦していて、私の能力、装備をある程度コピーしているはずだ』

『厄介じゃの。是非バハムートに出てもらえ』

白が勧めてくる。

『相手にダブルでバハムートとか白を喚ばれたらどうしたらいいのか』

『我はお主以外の人間になど、喚ばれてやる気はないのじゃ』

『ぴぎゃ！』

さも心外だという風に、二匹が答えるのに嬉しくなる。

『バハムート、派手に頼む』

二人と戦った後、増えたスキルは【畏敬】だけだ。今回戦ったらまたスキル上げに励んで負けないように……って、私の代理が何故私と戦うことになっているのか。

いや、ドラゴンリング争奪の職別の試合には出ていた様なので【代理騎士】の役割はすでに果たしているのか。試合結果を見ると無事に勝っている、これでドラゴンリング方面でプレイヤーに絡まれることはない、筈。


そうこうしている間に呼び出し。毎度の円筒形の光に包まれる。問題はないはずだが、装備の確認。

《『ドラゴンリング』に関わる挑戦です。挑戦を受けますか？》
《いいえを選んでも、【皇帝の騎士】側が棄権し、闘技場の勝負は続きます》

待て、これは『マスターリング』を持つ者が、『ドラゴンリング』保持者へリングを手に入れるために申し入れる戦いではないか？　私の代理の住人二人が挑戦してくるのか？　バグってる？

いや、バベルとホルスが『マスターリング』を持っている？

混乱の間に、選択のための時間が切れてステージに送り出される。考えるのは後にして、とりあえず勝つための算段をしようか。

◇【剣帝・賢帝ホムラ】VS【剣帝の騎士バベル&賢帝の騎士ホルス】◇
◇Ready◇　◇GO!◇

今回はレンガード（ホムラ）ではなく、名前がばっちり出ている。どうやら『ドラゴンリング』を巡る戦いが優先された結果のようだ。

バベルとホルスに、私の本名が見えているかどうかまではわからん。それはスキルや称号によるのか？

この字幕は私と対戦相手にしか見えず、スクリーンなどは、レンガードVSバベル&ホルスになっているはずだ。

アナウンスが流れている最中から【畏敬】発動。【畏敬】はスキルを使うという感覚より、気合を入れるという感覚で発動する。気合を入れてる限り、途切れることはないだろう、多分。どちらにしても、相手に効果が現れるのは、GO！　の字幕が砕けて消えてからになるが。

「おお、さすが我が帝！」

「いや、我が帝だ！」

ちょっと、涙流しながら感極まってるっぽいのやめてください！

「我が帝、【剣帝】レンガード様に捧げたこの剣《ちから》、どこまでレンガード様のお役に立てるかお試しを！」

「我が帝、【賢帝】レンガード様に捧げたこの魔力《ちから》、どこまでレンガード様のお役に立てるかお試しを！」

「そしてお眼鏡にかなった暁には、オレの躰のお試しを」

バインバインな胸を強調してくるバベル。

「そしてお眼鏡にかなった暁には、私の躰のお試しを」

ローブに隠された胸を強調してくるホルス。

『ぎゃあ！　【畏敬】が仕事していない⁉』

『敵意を持つ者には軽い【行動阻害】から【気絶】を付加、好意を持つ者には【鼓舞】と【高揚】を付加。付加する強さはレベル差、もしくは相手の持つ印象による。印象は主に戦闘に勝利することなどで変化――あやつら、お主に敵意をいだいとりゃせんのじゃ』

『ちょっ……っ』

こちらに向かってくる前にホルスが前をはだけたんですが。ホルスに対抗してバベルが……って最初からほとんど脱げる装備ないのに脱ごうとするな！　卑猥なことを言い出すな‼

『バハムート、殺っちゃってください！』

十八禁と化す前に‼　早く！！！

『ぴぎゃ！』

バハムートが一声鳴いたかと思うと、いきなり闘技場が闇に包まれた。

空が昏い。

風雲急を告げたか、いきなり暗く……ああ、これバハムートか。本来の大きさは、闘技場はおろか、島よりデカイ。どうやらその本来の大きさで上空に出現した様子。黒くてでかくて見えないけれど、いや、部分しか見えていないから全体像が分からないけれど。遥か遠くからならバハムートの姿が見える筈だ。

『え、この大きさでズボッとやる気か？』

『無茶言うでない！』

慌てる私、白も焦った声を出している。

GYAAAAAAAAAAAAAAAAUNGAAAAAAA！！！！

バハムートが吠えた。

ビリビリと空気を震わすそれは大地をも揺らしている。バベルもホルスもバランスを取るので精一杯、何が起きているんだ！　などと叫んでいる。とりあえず破廉恥なセリフは止まった様子。

『何をホッとしておるんじゃ、何を！』

白にペシペシされた。

『ちょっとくらい現実逃避させてください』

『却下じゃ！』

そうこうしているうちに降り注ぐ暴力的な熱量と光の雨。

『ブレス？』

『ブレスじゃな？』

ブレスに伴う副次的な風さえも暴力的な風量だが、『蒼月の露』の守りのお陰でそれも軽減され、コートのようなローブがめくれ上がり、髪と一緒にはためくが、それだけだ。ダメージは無い。

自分に影響が無いことが確認できると、余裕が出た。

『光の洪水も中々オツだな』

『見目だけならな、これを浴びている他のものたちは大変なのじゃ』

『バベルとホルス、これはさすがに耐えられないだろうな。なにせ私が絶対耐えられる自信がない。それとも同じ『蒼月の露』を持っていれば耐えられるのか』

『同じということはないのじゃ、偽物に同じ好意を神々が向けるとは思わないのじゃ』

バハムートの攻撃が同じく無効となるのではと、ちょっと心配をしていたのだが、そもそも『蒼月の露』は武器・防具ではなくペット用の住処となるものだ。これが対バハムートの『最強防具』といえなくもないのだが、どうやらコピーされていなかった模様。

『ところで白、これ、観客無事だと思う？』

『我に聞くでない』

すごく嫌な汗が出ているわけだが、準々決勝までは別空間で試合を同時開催している筈なので、大丈夫だろう。大丈夫だと思いたい。

白と会話する余裕があるほど、光の洪水は続いたが、やがてそれも終わる。

光が止まって、目の前の風景に観客席が見えることに安堵する。

そして昏い天が降ってきた。暗くなった時と同じくいきなり周囲が明るくなり、上を見上げると、渦を巻く黒雲の中、真上だけが雲がなく、小さくなったバハムートが風のエフェクトをまとって私に向かって降ってくる。

私はバハムートだと分かるが、はたから見たら隕石でも降って来ているように見えるのではないだろうか。

『バハムート、そのスピード抱きとめきれない！』

ちょっと慌てたが、バハムートはそのまま姿を消し、私は黒い鎧を纏った姿に変わった。


影の濃い部分がほの青く見える黒い鎧。

バハムートの鎧。赤黒い血の滴る鎧。


『って、また傷が開いてるんじゃないか!!』

慌てて『回復』をかける私。

『バハムート、『蒼月の露』で休んでなさい！』

答えはない、さっきまで鳴いていたのに。

『せめて鎧で決勝まで付き合いたいのであろうよ』

『今回手伝ってくれただけで十分なのに！』

『回復』をかけても相変わらず焼け石に水で血が止まらない。元の大きさに戻ってブレスを吐いて……負担が大きかったに違いない。

『なんでバハムートは痛みもリスクも顧みず、立ちはだかるものに向かっていくのか。ほどほどはないのか？　カッコイイけどな！　飼い主としては心配だ』

私が半泣きになるからやめてください。

『それよりお主、足元を見てみるのじゃ』

『ん？』

白の言葉に自分の足元を見る。

《剣帝・賢帝ホムラ　ＷＩＮ！》

――そして冒頭へ。

シ　ン：おっと、炎王たちの試合だ

ホムラ：ゆっくり見られるのがありがたい

準決勝からは一試合ずつ行われるため、被りがない。ところでバハムートの血が止まらず、ボックス席に血溜まりができてゆくんですが。

『我は還る。決勝になったら喚ぶのじゃ』

そう言って白が消える。私の癒しのもふもふが！

お茶漬：黒百合のところって、強いっちゃ強いんだよね。そのほか大勢から色々上納させてるから
レ　オ：格好すげぇ～
シ　ン：あの仮面なんだ？　カーニバルか？
黒百合以外は顔を半分隠す仮面を被っている。黒を基調に、銀の彫金、フリル、レース、シースルー？　網？　黒百合以外は全員男。装飾過多だが、大人数で揃っていると迫力がある。
ホムラ：パーティー全員、華美だな。私の好みでは全くないが、揃ってると格好いいのは確かだ
ペテロ：制服系に弱いのは一定層いるから、クランの人寄せになるw
お茶漬：仮面、顔じゃなくって能力でパーティーメンバー選ぶ時に被るらしいですね、アレ
シ　ン：うぇっ！
菊　姫：わ、でも盾の人すごいでしょ？
お茶漬：装備の付与めいっぱいって聞いた。¥かかってる
巨大画面では炎王たちと黒百合たちの攻防が続く。準決勝からは、一試合ずつ行われ、音声もつく。

音声にはパーティーやクラン会話が入らないが、巨大画面に映される戦闘は音付きで見ると流石の迫力。

「うふ、私のために頑張って。頑張ってくれたら後で……ね?」

よし、音声切ろう。

聞こえて来た黒百合の声に、思わずぶちっと音声を切る。

シン：すげー。ギルと炎王の攻撃でも後ろに退がらねぇ
ホムラ：炎王たちは様子見をしている気がするが……
お茶漬：スキルも特化してるね。黒百合中心に動いて、個々のスキルが綺麗にハマってる
レオ：装備、すげぇキラキラしてる！
ペテロ：でも装備で押すには、流石に相手が悪いw

いきなり炎王たちの動きが変わった。黒百合たちはフェイクを交ぜたいくつかの攻撃で分断され、攻撃はことごとく阻まれ、盾役はあっさり沈められる。次いで回復役、攻撃役と作業のように危なげなく倒され、盛り上がった最初に比べ決着はさらりとついた。

お茶漬：上手い
ペテロ：凄いねw
ホムラ：鮮やか！

シン：さすが我がライバル！

菊　姫：いつの間にライバルになったでし？

レ　オ：わはははは！

総合パーティーの三位決定戦と総合個人戦が終了。三位がバベル&ホルスってどうなのか。

総合個人は何とか言う武闘家が優勝、決勝の拳士同士の試合は中々見ごたえがあった。個人的には相手の魔拳士のほうが強いと思ったのだが、MP切れを起こして攻撃力がガクッと下がって負けた。

シン曰く、『MP回復』をコンボに入れるべきところ、相手のHPの残量を見て欲張り、攻撃力上昇のコンボに変え、削りきれず流れが変わったそうだ。MP回復を交ぜ込むコンボは、ごく少量の回復ではあるけれど、魔拳士にとっては必須らしい。パーティーならば、仲間が回復してくれるが、ソロでは薬を飲むなどの行動はコンボが切れる。

シ　ン：ギルが出てたら優勝だったろうに

菊　姫：パーティーかソロ、どっちかしか参加できないのはちょっとあれでしね

レ　オ：残ってたの拳士系多いな！

お茶漬：シーフ系は不意打ちとかスキルがソロだと難しいし、剣士は今回力《STR》振り多くて攻撃が当てられないみたいだね

ホムラ：個人戦、魔法使いは出場自体少ないな

ペテロ：もう少しして【詠唱短縮】とか、『ヘイスト』とか出回ると増えるんじゃないかな？
お茶漬：普通の魔法使いは、今はまだ攻撃を当てるまでが大変、当たれば大きいんだけどね
シン：ソロ同士ならオレでさえ詠唱中に潰せるしなぁ
レ　オ：『蔦』とか『泥』とか、速いのも距離があれば避けられるぜ！
ホムラ：遅い職業が不遇すぎる
ペテロ：パーティーでは活躍するからいいじゃないw
お茶漬：ところで、ホムラはその悪役鎧で決勝出るの？
ホムラ：無理矢理脱げば脱げるのかもしれんが、脱げん！
レ　オ：流血鎧！
菊　姫：でっかいドラゴン見てみたいでし
シン：大きすぎて近いと見えねぇってのもすげぇな
ペテロ：聞いてはいたけど、あそこまで大きいとは思ってなかったw
お茶漬：制御できるのあれ？
ホムラ：基本的にペットも召喚獣も放し飼いです
ペテロ：www

　バハムートの血が止まらず、ずっと『回復』をかけていた。本当にHP総量いくつなんだ。いや、総量というか神々がつけた傷だからか？　『蒼月の露』でしか癒せないのだろうかと不安になった

ころ、ようやく流血が止んだ。

三位決定戦から個人戦決勝まで延々かけて漸くだ。白もいなくて手持ち無沙汰だったし、せっせと『回復』に勤しんだ。ＭＰポーションの消費がアホみたいなことになったが。

『漸く止まった』

血をきれいにして更に『回復』、これから動くからまた傷が開かないか心配だ。

『ほんにこの竜は規格外じゃの』

『白にもついてる』

決勝に向けて再び喚び出した白や、椅子、床なども【生活魔法】できれいにする。何か私、試合以外でＭＰを使いまくっているんだが。ちなみに白は、白の希望でクランメンツにもどんな召喚獣か言っていない、あいつらにはモフられそうで嫌だとのこと。

『この鎧を着ている限り、懸案だった物理もほぼ無効じゃの』

確かに炎王の攻撃を食らってもノーダメージな気がする、だがしかし。

『いや、バハムートがまた出血しても困るし、避ける方向で』

『ここに居る者達の攻撃を受けたところで、彼の竜にはたいして変わりはなさそうじゃがの』

《只今より、総合パーティー戦・決勝を開催いたします》

運営のアナウンスが入って、再び光の円柱の出現。だが今回はステージに出されるのではなく、何処かの小部屋に出された。小部屋には闘技場の制服を着た案内係とバベルとホルスがいて、またかと吐血しそうになったが、今回二人とも至極真面目に控えている。時々上気した顔でじっと見られるのは居た堪れない気分になったが、とりあえずは平和だ。

ごく普通に振舞っていれば、眺める分には眼福の部類なのに何故あんな性格なのだろう、悔い改めてほしいところ。

「こちらから会場へご入場ください。入り口までは私がご案内いたしますが、そこから先はステージの下まで【皇帝の騎士】が付き従います」

そういえば個人戦も決勝は紹介と共に、ステージのあるフロアに徒歩で現れていたな。演出というやつだろうか。案内係が説明する間も、闘技場内には第一試合の組み合わせ時からの賭けの倍率、払戻金、これから新たに賭ける場合の現在の倍率などのアナウンスが流れている。第一試合前に賭けた倍率と、今から賭ける倍率が逆転してるということは、今までの結果でソロでも私が勝つと思う人が増えたということか。

先導の後に続き、細い通路を抜けて会場へ。

先行していたバベルとホルスがステージに上がる階段の手前で左右に分かれて跪く。このまま私は階段を上ればいいのであろうが、段差のせいで、二人のさげた顔の近くに足が行くのに抵抗があり、ついでに私の手をお踏みください！　とか言い出して手を差し出してきそうで怖い。なので回避。

手前で地面を軽く蹴って【空翔け】を発動、【滞空】を使ってステージに静かに着地する。装備で『浮遊』が常時発動しているので、正確には「着地」ではないのだが。

ステージ上で炎王たちと対峙する。

開始の合図と共に使うつもりだろう、炎王達の手にはアイテムが握られていた。

鍋。

ちょっと貴様ら、レオじゃないんだからネタアイテムはやめろ。

『こやつらは笑いを取る気かの？　いや、見たところアイテムとしての性能は脅威じゃの。スキルが使えんのじゃ』

白が冷静に分析する、白もスキルか称号に【眼】を持ってそうだ、でなければ解析系のなにか。

『ああ、『反射強結界』だったか。何も無ければ発動は一分間、スキルが当たればそのダメージを反射して消える。使用回数は十回』

『雷神の鉾』を当てても『ファイアニードル』を当てても結界は消える。範囲魔法など使ったら六人分、六倍になって返って来るわけだが、『ファイアニードル』で消すなら私は問題無いだろう。

――問題は白に反射が行くかも知れないこと。

『攻撃スキル禁止ステージだな』

『多少のダメージは覚悟の前じゃぞ』

白と話しながら、炎王達の愉快な姿をスクリーンショットに収めてゆく。

多分、パーティー会話をしているのだろうが、炎王達も無言だ。無言で腹のあたりで黒光りする鉄鍋を構えている、なかなか愉快。特に炎王がすごい真面目な顔してるのでギャップが酷い、炎王

にはネタ武器装備を好まない少し堅いイメージがあったのでちょっとびっくりである。

◇【レンガード】VS【烈火】◇
◇Ready◇　◇GO!◇

「行くぞ!」

「おう!」

炎王の掛け声に五人の声が重なる。

小柄な女性まで「おう!」なのかとチラッと思ったが、円陣を組まないまでもあれが【烈火】の戦いの合図なのだろう。

【烈火】の全員が『三匹のオークの鍋』を使い、腹のあたりから体を包むように半球状に金色の光が現れる、鍋形の。

六人分の金色の鍋バリア、クルルはちょっと笑っているが他は至極真面目な顔。

『白、どうしよう笑いたい』

新たにスクリーンショットをですね。対戦相手に失礼とは思いつつも、炎王達が真面目であればあるほどギャップが酷く、笑いがこみ上げる。

『笑ってもいいが、相手が散開したのじゃ。我はスキルがなくばレベル相応の非力な存在じゃぞ』

『ああ、一旦鍋は忘れよう』

【時魔法】『ヘイスト』、スピードアップ。
【ドルイド】『エオロー』、防御力アップ。
【精霊術】『黒耀』『闇の翼』、防御力アップ。

『エオロー』は防御の意味を持つルーン文字らしい、他に友情という意味も。パーティーの人数が多いほど防御力が上がる魔法だ。なのでソロの今は上昇率は低い。『闇の翼』は発動の速さ優先で使用を選択。

真面目にエンチャントを使っていれば、魔法剣士は強化魔法の系統も発現し、使い勝手がいいらしいのだが、生憎不真面目だった。つい攻撃魔法に偏ってしまうため、私が現在自分にかけられる能力上昇系はこれくらいだ。後で系統を出すくらいまではしよう。

【能力貸与】『素早さ』
【能力貸与】『知力』
【能力貸与】『精神』
【能力貸与】『器用』

『白？』

『ふむ、他に役に立たんからの。我は大分弱体化するが特に問題ないじゃろう』

白の戦闘スタイルはスキルに大きく依存するため、今回白は肩に陣取ったまま攻撃には加わらない。

『こんな能力あったんだな』

『お主は己が召喚獣くらい鑑定せい』

『なんか嫌がりそうだったからな、しとらん。自己申告でお願いします』

弓使いのクルルが飛ばす矢を『月影の刀剣』で払い、突っ込んでくるギルヴァイツアの攻撃を逸らし、聖法使いのコレトを斬る。

鍋を最初に使ったせいで、クルルが牽制に飛ばしてきた矢は発動の早い通常攻撃。ギルヴァイツアの攻撃は、コンボを繋げておらん初撃だというのに当たったら痛そうだ。

盾の大地が動くが、生憎、強化された私のスピードは魔法剣士としては異常だ、それどころかシーフ系であっても異常かもしれない。

そして白の能力も乗った『月影の刀剣』は、大地の守りが届く前にコレトを一撃で沈めた。まず回復役の排除。

「おい、おい、魔法使いじゃなかったのかよ！」

ギルヴァイツア、おネエ言葉では無くなっている、やはり男らしいそっちが素なのか？

職別拳士の部優勝は伊達ではなく、言葉は動揺しているが攻撃の手は緩めない。逸らし、いなしているためダメージは無いのだが、コンボを確実に繋いでくる。当たった時が怖い。

「魔法使いから剣士に変身にゃ⁉︎」

語尾が「にゃ」、なままのクルルの方が余裕があるのだろうか。真上に向けて矢を放ったかと思えば、先ほどまで私が居た場所に矢の雨が降った。

「速くて当てられないにゃ！　ハルナ足止め！」

「はい、【土】の『泥濘』。【水】の『バブル』」

混乱しているのだろうか、『浮遊』がかかっている相手に『泥濘』とは。『浮遊』がなくとも【運び】もあるわけだが。

『泥濘』は足止めの魔法、敵のそばに泥濘を作り出し、その場所を踏むと素早さが極端に低下する。『バブル』も敵の周囲にシャボン玉のようなものを浮遊させ、触れたものの体にまとわりつかせ、同じく動きを緩慢にし、素早さを奪う魔法だ。現れる数は使用者の知力《INT》による。

『バブル』の方は斬れるので斬り飛ばして処理。

炎王がスキルを発動し、斬りかかってくるが、避けながら軽く反撃《フェイント》して、そのまま固定砲台になっているハルナへ、と見せかけて守るためにハルナ側に盾を突き出し、隙を見せた大地に攻撃。

ハルナの側に近づかねばという心の逸りが、隙を生む。ハルナの側に向けられ伸ばされた首の上、鎧と兜の間にできた隙間に剣を差し入れる。視線はハルナにやったまま、大地の喉を斬り裂く。急な方向転換で負荷がかかって、うぇっとなるが、再び斬りかかって来た炎王の気配に、そのまま一歩下がって躱す。

速いのはいいのだが、減速する時の負荷がきついなコレ。白の素早さは一体いくつなのだろうか？　この分だとかなり高そうだ。

「大地！」

「大地のＨＰでも一撃なの⁉」

ギルヴァイツアとハルナの声。

弱点攻撃で【一閃】が発動している。

【一閃】は弱点を攻撃した場合、ダメージ増加、一定確率で即死を与える。ダメージ増加の方だろうか、即死の方だろうか、なんにせよ反射しなくて何よりです。

『三匹のオークの鍋』は攻撃が当たる前に発動し受けるはずのダメージを反射させる、ついうっかり癖で発動させてしまったが、【一閃】は攻撃を当ててからの判定のため、鍋バリアをすり抜けられるようだ。

ハルナの魔法が効くならこれも可能だな。

男は黙って、【風水】『溶岩』。

「きゃあっ！」

「あわわわ」

「『生命活性薬』飲め！」

「……っ！　黒いとこ上がれ！」

ハルナとクルルの悲鳴、ギルヴァイツアと炎王の指示。

ステージ上を溶岩が流れる不思議な光景、バハムートのブレスの穴の範囲くらいに溶岩が流れている。一定の場所に行くとスッパリ切ったように溶岩が無くなる、やはり今回も観客席とは別な空間のようだ。

『溶岩』地帯を踏んでいる限り【燃焼】の状態異常は消えない、そして思った通り反射されない。

一応所々に黒々とした温度の低い部分が存在し、安全地帯になっているようだが、ステージから降りられない以上、【燃焼】によるダメージを食らい続けることになる。

慌てて黒い溶岩石の上に移動しつつ薬を飲むハルナに攻撃を加えれば、ギルヴァイツアが割って入る。【燃焼】食らって燃えてるんだが大丈夫か？　そのままギルヴァイツアに相手を代えれば、今度は炎王が割って入る。やっぱり燃えてるんだが大丈夫か？

『生命活性薬』を飲め、溶岩石に上がれ、と他には言っておきながら飲んでいないし、安全地帯に上がってもいない二人。まあ、飲んでいたらその隙に斬りとばすが。

飲んでいない二人にクルルが薬を投げつけている。ハルナで安全地帯がふさがっているので、炎王とギルヴァイツアは溶岩の中だ。地形に関しては『浮遊』が素晴らしいと思う、後でこれも錬金して消費アイテムとして売り出そう。売れるかな？

『お主、容赦ないのう。ほれ、あっちで何かやっとるのじゃ』

私に容赦がないと言いながら、白がクルルが何か溜めのいる技を使おうとしているのを指し示す。

ロイたちの【クロノス】とやっていた時もそうだったが、ハルナに攻撃が向けばクルルが溜めのいる大技を使い、逆にクルルに攻撃が向かえばハルナが詠唱の長い魔法を使う。だがしかし。

「クルル！　ストップ！」

「反射中だ！」

ギルヴァイツアと炎王からストップがかかる。

残念。クルルがロイたちに使ったスキルならば、私に近い炎王やギルヴァイツアも効果範囲のはず、攻撃が当たった人数分の反射でクルルを仕留められたのに。

フレンドリーファイア防止が出る前に反射するので、私以外というか鍋を抱えているメンツに当たると発動する。

攻撃を仕掛けるためだけでなく、それも踏まえて必ず射程や範囲の間に誰かが入るように行動する。魔法はともかく、弓は不勉強でどんなスキルがあるか分からん。

『いい具合に減ってるよな』

『お主、これだけ実力差があって何故そんな用心深いんじゃ！　傍《はた》から見たら酷いぞ』

『ジリジリ削っておいて、確実に一撃必殺が危なくなくていいじゃないか。反撃怖いし』

『刀剣は力《STR》が全部のらん代わりに、器用《DEX》さと速《AGI》さ依存じゃろ？　我の速さも足した今、同レベルの異邦人であれば、普通に一撃じゃないのかの？』

『一撃な気はするが、私、異邦人同士で刀剣で戦ったことがないから用心だ』

本当はあれです、お茶漬とペテロに確実に勝つようにと言い渡されてるんです。

レオとシンのクランハウス資金問題が、私が勝てば解決するのもさることながら、あの二垢二人、全財産賭けやがってまして、負けるとやばいのだ。

狭い安全地帯にいるハルナとクルルを守るために、炎王とギルヴァイツアは溶岩に踏み入り、『生命活性薬』の効果を上回る燃焼のダメージを受けてジリジリＨＰが減っている。

とりあえず、ギルヴァイツアを沈める。

速さは装備と白の【能力貸与】のおかげで、我ながら阿呆みたいなことになっている。特に気負うことも、相手の動きを読むまでもなく後ろに回れてしまう。白より速いってすごくないか？

かといって遠距離職のハルナとクルルならともかく、フルＨＰの炎王とギルヴァイツアを一撃で仕留められるほどの自信はない。大地には【一閃】が即死発動したのかもしれんし、用心したいところ。

なので、ＨＰが四分の三くらいになったのを確認して弱点に一撃。

大地や炎王と違ってギルヴァイツアは首回りを防御するような防具は着ていない。防具があっても、防御力は無視できるが、防御されているところは、弱点にならないので【一閃】の能力を引き出せない。

「ギル！」

「きゃあ！　炎王っ！」

溶岩に沈んでいくギルヴァイツアが光になって散る。

それに意識が持って行かれた炎王にも退場願った。闘技大会の戦闘不能でそこまで冷静さを失わなくてもいいのに、と思うほど動揺や驚愕が見て取れる。それは隙だ。

『隙がなくても、後ろに回るのが間に合ってしまう速さっていったい』

『我は力は無いが、誰にも触れさせないほどの速さはあるのじゃ』

シーサーペントや他の敵との戦いを見ていても、白が最初から速かったことを思い出す、レベル依存の速さではなく何かスキルか称号だろうか。

フレンドとはいえ、戦闘のための戦闘で容赦する気はない。

だが、ギルヴァイツアや炎王の首が、胴体から離れるのはちょっとアレだ。大地はフルフェイスなのでそうでもなかったのだが。
光になって体が消えるまで、金色に光る鍋も消えないのだな。
『ちょっと白さん、女性の甲高い声で悲鳴を上げられると悪役感ハンパないんですが』
悲鳴を上げているハルナももちろん鍋である。
『自業自得じゃ』
白に切って捨てられた。
残った二人はＨＰも低く、近接戦に弱い遠距離職。

《レンガード　ＷＩＮ！》

無事勝った……っ！

ホムラ：ただいま
シン：おかえり首刈り騎士
菊　姫：ホラーでしょ！
レ　オ：首防具欲しくなった!!
ペテロ：なかなかひどいｗ
お茶漬：大分ひどい。でもこれでクランハウスの土地買えるでしょレオ：おう！
シン：おかげさまでバッチリよ！
ホムラ：何よりです
お茶漬：武器防具以外《着てるもの》、ほとんど売り払って賭けてるって聞いたときは、本当にもうどうしようかと
ホムラ：……何よりです

私もドキドキでした。

《『異世界』をお楽しみいただき、ありがとうございます》
《闘技場大会に参加の方にお知らせします》
《闘技大会に選手として参加された方は、観客から【称号】を得ることが出来ます》
《闘技場の【称号】は戦闘などに及ぼす影響はありませんが、【称号】に応じたエフェクトが発動可能です》
《個性的な戦い方で、様々な【称号】を獲得しましょう》
《なお、ギルドカードに記載可能な【称号】は上位三つまで、エフェクトが発動する【称号】は最上位のもののみとなります》

《観客の方は、出場者に闘技場の端末より【称号】を贈ることができます》
《印象的な選手にはどんどん【称号】を贈りましょう》
《闘技場内の端末からは他の方が贈った【称号】の確認と、その【称号】への共感が可能です》
《締め切りは闘技大会表彰式の終了までとなります》

ゲームのほうの運営からのアナウンス。
なんだ、【称号】って。

《これより表彰式に移ります》
《該当されるかたは闘技会場へご参集ください》

考える間もなく今度は闘技場の運営からの場内アナウンス。

ホムラ：呼び出しが来た
ペテロ：いってらっしゃいw
シン：賞品なんだろうな？
レオ：いいもんだといいな！
菊姫：武器とかでしかね？

お茶漬：ホムラさんはここでイメージなんとかしようか。鳩でも飛ばして？
ペテロ：ｗｗｗ
ホムラ：私、そんなに酷いイメージ!?
菊　姫：よくってラスボスでし！

よくってってなんだ、よくってって！　詳しく問い詰めたいところだが、案内係が来てしまっているため、諦めて移動する。

『……鳩飛ばしたほうがいいのか？』

『なんじゃいいったい』

『いや、何かイメージ向上戦略を勧められた』

『まあ、ほとんど刃を合わせることもせず、人の首を刎ねて回れば人間は怖がるじゃろうよ』

『……』

白に言われてちょっと想像した。

少し前に、いきなり血まみれな鎧姿を見せた男が、無言で次々に仲間の首を落としていく……。

ホラーですね！

『白、どうしよう、私のイメージがホラーです』

『知らんのじゃ、鳩でも出しとくのじゃ』

ババムートは限界だったらしく、胸の『蒼月の露』に帰っている。神々からもらった白装備と、それに合わせたガルガノスの繊細なデザインの装備で身を固めている。

バハムートの鎧姿も、血まみれのイメージさえなければダントツに格好いいと思うのだが、とりあえずホラーなイメージ払拭にはこちらの方がいいだろう。

「こちらへどうぞ、会場へ転移します」

案内された先の転移プレートに乗ると、先ほど戦っていた会場に出た。

ステージ上には各部門の三位以上の者、ステージ中央には王と王子と場違いなちんまりしたお姫様。

零れ落ちそうな青い瞳に、淡い金髪の柔らかそうなゆるい巻き毛、淡いピンクと白の腰のあたりからドーム状に広がる形をしたフリフリドレス、絵に描いたようなお姫様がいた。

ラピスとノエルよりさらに年下だろうか、ぷっくりしたほっぺたが可愛らしい。本大会の開会宣言をした、こちらも金髪碧眼の王子らしい王子のズボンを、小さな手で掴んでプルプルしている。

ありがとうございます、どう考えても怯えられています。

後ろに控えている警護の騎士も心なしか表情が硬く、王子と王は心配そうにお姫様を見ている。

私のせい？　私のせいですか？　炎王たちにも心なしか距離を取られているような……被害妄想だろうか。

王様の無駄に力強い、有難い話が始まる。

あ、今のうちに【称号】とやらを贈っておこう。闘技場にいる大半が、王様の話を聞き流すことにしたのではなかろうか。

ペテロ【宇宙忍者】、【幻想忍者】の方がいいかな？　【毒忍者】はストレートすぎる。まあいい

【ロリコン忍者】と。レオ【フリーダム】、シン【技のぷにぷに拳士】。ロイは、と適当につけてゆく。こんなにイベントの挨拶が長いのを喜んだのは初めてかもしれない。炎王に無難に【炎の剣士】とつけたところで、再び場内アナウンス。

《これよりファガットのグロリア姫より、高位入賞者に賞が贈られます》

王様からの話が終わり、王子が各部門の受賞者の名前を呼び、お姫様が噛みそうになりながら祝辞を述べつつ、賞品のメダルを渡す作業に移っている。

二位、三位にはメダルのみ、優勝者にはグロリア姫からの頬へのちゅー付き。王族大変だな。新たな名前が呼ばれるたび、観客席からは歓声が上がる。大柄で赤い髪のギルヴァイツアと、ちんまりしたグロリア姫との対比が大変萌える。

ペテロじゃないが、幼い子が立場を自覚して一生懸命役目を果たしているのは健気でいい。場所を選ばず騒がしいお子様は、アイアンクローをかましたくなるのだが。

「総合団体戦優勝、レンガード！」

会場内が静まり返る。

先ほどまでは名前が呼ばれるたび大歓声が上がっていたのに、解せぬ。

水を打ったような静けさの中、前に進む。ちなみにバハムートが登場した時に呼んだ風雲で天気が悪いままだ。攻撃《ブレス》はステージとその周囲だけにしか影響がなかったというのにどういう仕組みなのか。そもそもバハムートが闘技場に収まっていなかったのであれなのだが。ああ、だが、この天気の中首を落としてったらホラーに拍車がかかるよな。

「こ、このたびは……」

この度はお日柄もよろしく？　暗雲垂れこめてますが。

血の気の引いた白い顔、途切れがちな言葉。思い切り怯えられてます。鳩、鳩の出番なの？

とりあえず、【風水】で『青天』へ。鳩を飛ばすには近すぎて好き嫌いが出そうだな。――【幻術】でグロリア姫の周りに『花』を降らす。

グロリア姫のスカートと同じ薄いピンクのふわふわとした花、怖くない、怖くない。あれか、これでダメなら子狐か栗鼠の小動物を呼ぶか、そんな【幻術】まだ覚えとらんが。

上手くいくか不安だったが、小さなグロリア姫の気をそらすには十分だったらしく、ふわふわと舞う花を手ですくい、地面に当たった時と同じく、手の中で溶けるように消えてゆく花を不思議そうに見ている。

『あれじゃ、ここで本物の花を差し出せば完璧じゃ』

『白、私そんな気の利いたもの持ってない！』

強いて言うなら『月詠草』があるが根どころか土付きだ。

花の他に女の子向け、女の子向け、あれだ、ラピスとノエルにと作って、カルとレーノが喜んだ目的と結果が違ったヤツ。

花の消えた小さな手のひらの上に、色とりどりの金平糖の入った小瓶を乗せる、今の私にはこれ

が精一杯。

笑えとは言わんからせめてこれで泣き出さないでくれ。評価10で精神と幸運がちょっと上がるぞ！　見てくれだけでも可愛いはず。

それこそ花のような笑顔を見せてくれた。お子様、振れ幅激しいな。

祝辞と頬へのキス。先ほどまで静まり返っていた観客席から大歓声があがり今も続いている。イメージ向上戦略、成功か？

締めの言葉を王子様――名前を聞きそびれた――が述べる中、バベルとホルスの視線はともかく、隣りの炎王たちが変なものを見る目で見てくるので、何となくその手に人数分の金平糖を渡す。いや、欲しくて見ていたわけじゃないのだろうけれど。

『ここでも餌付けか』

『ん？』

しまった、炎王はともかくお姫様は食ったらそうなるのか。

『王族だから、きっと食えない結果に終わるだろ』

ちょっと楽観論を口にする、普通どこの誰だかわからんヤツにもらったものなぞ、王族が口にすることはないだろう。バベルとホルスは今更な気がするので気にしないことにする。

《これで闘技大会を終了いたします。闘技大会順位により、闘技《T》ポイントが付加されます》

《Tポイントはアイテムと交換できるほか、闘技場内の様々な場所で利用できます》

《交換アイテムについては、入賞者専用もございますので、次回以降も闘技大会に奮ってご参加ください》
《Tポイント制開始に伴い、以降闘技場【VS魔物ステージ】でポイントが得られるようになります》
《大会と合わせて普段より闘技場をご利用ください》
《なお、一定ランクまでの消耗品は、引き続きシルにてお買い求めいただけます》

運営のアナウンスが流れた。いいのかそのポイント名？

確認しようとしたところで、王族が退場した途端、バベルとホルスが向かってきたので【転移】で逃げる。

闘技場の転移プレートは店舗と同じく片道なため、一度ファストに戻って再び闘技場へ【転移】。

ちょっと面倒なのだが、神殿のキャパの問題が解決されたとしても、全ての転移が可能になってしまったら、道中の都市に金が回らなくなる。

ここで言うと、闘技場の周辺の店や、対岸の首都ナヴァイに金が落ちなくなってしまうので、技術が追いついてもきっと転移は一方通行のままだろう。いや、もしかしたらもうすでに可能なのにやっていないだけかもしれない。

戻るにあたって、仮面を外してそっと着替えた私。闘技場を後にする人々の流れに逆らって、クランメンツを捜す。

ホムラ：今どこだ？
ペテロ：まだ観客席だよ
シン：賞品見てる
お茶漬：闘技場内でしかTポイント使えないから、結構面白いのあるね
菊　姫：どっちにしろ少し人がはけないと動けないでし！
レ　オ：尻尾装備いいなあ
お茶漬：自前があるでしょ

そう言われて柱の陰に寄り、自分も賞品をチェックする。

グロリア姫にもらったメダルが、Tポイントになっているらしく、団体戦一位のポイントは6000ポイントだ。パーティー全体で6000らしく、ソロで出た私は独り占め。ちなみに個人戦や職別などのソロでの優勝は1000ポイントだ。

賞品ラインナップは一定期間で入れ替わるそうで、欲しいものはお早めに、だそうだ。また、闘技場で上位を取らないと解放されない賞品もあるようだ。

一位解放
3000ポイント（未解放）
2000ポイント『皇帝の剣』『皇帝の大剣』

1000ポイント『皇帝の腕輪』『皇帝の指輪』
900ポイント『暴走の鯱鉾《しゃちほこ》』『精霊の宝玉』
800ポイント『雷の斧』『吹雪の弓』『泥濘の短剣』
700ポイント『風の靴』『エルフのマフラー』『酒神のグローブ』
600ポイント『性転換石』『万能薬のレシピ』『獣進化石・鳥人』『人進化石・天人』
500ポイント『転移のスキル石』『縮地のスキル石』『状態異常回復のスキル石』
『グランドクロス・刀剣のスキル石』『グランドクロス・大剣のスキル石』

二位解放
1000ポイント『闘技場の剣』『闘技場の大剣』『剣装備のスキル石』『大剣装備のスキル石』
900ポイント『釣りの竹竿』『採取の鋏』『採掘のハンマー』
800ポイント『炎の盾』『緑の盾小手』『氷のローブ』
700ポイント『経験の書』『技術の書』
600ポイント『獣進化石・狐』『人進化石・木人』『エルフ進化石・ハイエルフ』
500ポイント『妖精の腕輪』『身代わり人形』『性転換薬』
三位解放
1000ポイント　～略～
～略～
～略～

共通
400ポイント『緑竜の鱗』『赤竜の鱗』『青竜の鱗』
300ポイント『ひからびた種』『空色の糸』『青鉄の鉱石』
200ポイント『宝の地図の欠片』『聖なる水×20』
100ポイント『蘇生薬』『フル回復薬』『万能薬』

一位の3000ポイントが未解放なのは、連勝しないと出ないとかか？　そして何か突っ込みどころ満載のアイテムが交じってるんだが。

他はシルへの交換と、スキルポイント1に対して1000Tポイントというのが、初期から出ているようだ。

うーん、装備は神々からの物と、ソロ討伐報酬があるしな。ソロ討伐報酬の方が優秀なようだし。3000から上に装備が出たら超えるかもしれんが。指輪系はこれ以上いらんし……。これでさらに時々賞品が入れ替わるのか。

ホムラ：なんというか、量が多い
レ　オ：それはホムラが優勝したから！
シ　ン：こっちは店で買えるちょっとお高いものくらいしか出てないぞ
ペテロ：私はちょっと珍しいのも交じってるかな、『石化耐性のスキル石』とか。もう何回か勝

たないとポイント足らないけどね
ホムラ：ここでお知らせです
菊　姫：なんでしか？
ホムラ：二位の解放賞品に『獣進化石・狐』６００Ｔポイント也がある
レ　オ：えええええええっ！！！！
お茶漬：実はそれ、ここのカジノの賞品にもある。くっそ高いけど
ペテロ：あ
菊　姫：あ
ホムラ：あ
シ　ン：カジノあるのか！
お茶漬：あ
レ　オ：行ってみようぜ！
ペテロ：お茶漬さん？　w
お茶漬：カジノはクランハウス建ててから！！！
菊　姫：それまでは禁止でし！
お茶漬：土地代今のうちによこせ！　徴収徴収！
お茶漬が責任を取って、二人から土地代と最低限のハウス建設にかかるだろうシルを取り立てた。

頑張れクランマスター！

カジノにある賞品は、闘技大会に出場しなくともシルを貯めてカジノのコインに両替して相応のコインを支払って入手できる。結構な額なのでカジノで当てるか、生産で大分儲けを出していないときついかもしれない。まあ、戦闘絡みじゃないアイテムまで、戦闘職だけしか手に入らないよりはいいんじゃないだろうか。

ペテロ：ホムラ、称号なに出たの？
レ　オ：オレ、【場外ホームラン】だった！　星のエフェクトゲットだぜ！
ホムラ：それはあれか、空に向かって飛んで星になる的な
シ　ン：オレは【すり抜け師】、なんか自分の残像がでるぞ
ペテロ：私は【毒使い】がｗ　禍々しいですｗｗ
お茶漬：妥当妥当
菊　姫：闘技場の称号はネタなんでしね

みんなが話している間に、先ほど確認しそびれた称号を見る。

ホムラ：……
ペテロ：どうした？

菊　姫：どうしたでし？
ホムラ：【ＮＰＣ最強】をいただきました
お茶漬：よかったじゃない、ドＳ様とかじゃなくって
シ　ン：ふはははははは！
レ　オ：わはははは
ペテロ：後でエフェクト見せてｗｗｗ

エフェクト効果は「なんだか強そうなオーラを出す。闘技場を包み込むような大きさだ！」と書いてある。バハムートじゃないんだから！

【ＮＰＣ最強】【雑貨屋さん最強】【ロリコンからの天然】

私の闘技場で観客から贈られた三つの称号。ホラー系称号よりは良かった、良かったが！　どうしてこうなった！！！　納得できるのが一番目しかない！　ロリコンはあれか姫？　姫なのか？

天然ってなんだ!?　とりあえず三番目は隠し通す所存。誰だつけたのは！

そして闘技場の端末から確認できる、他の称号候補たちを見てそっと見なかったことにした。不穏なのとおかしなのしかないのか！！！　あと【烈火が不憫】って、それ私の称号なのか!?

二つ名ってことは「俺は【烈火が不憫】のレンガード！」とか名乗りを上げろと言うことか！

やらんわ！！！

称号は毎回上書きされるようなので、それが救いか。

お茶漬：ホムラの称号、候補もひどいね
ペテロ：ロリコンおめでとうｗｗ
シ　ン：強そうなのと凶悪そうなのに交じって燦然と！
レ　オ：わはははは！
菊　姫：【混沌の魔王】が一押しでし！
ホムラ：ぎゃあっ！　候補見られるのか！！！
ペテロ：見られなかったら投票できないじゃないｗ
ホムラ：（吐血）

隠し通そうとしたら丸見えだった件。追い討ちがひどい。

六　カジノ

お茶漬：人が引き始めたし合流しようか
ペテロ：ちょっと私、カジノの景品見てくるｗ　それによってＴポイント交換考えたいｗ
ホムラ：あー、確かに

菊　姫：危険地帯でし！
シ　ン：イェーイ！
レ　オ：狐狐！

賞品がたくさんあって、目移りするのだが、とりあえず絶対欲しいものを抜き出す。進化石も気になるところだが、進化したら見た目で色々聞かれそうなのでしばらくは却下。いい杖も欲しいがこれもこの際脇に置こう、ユリウス少年に依頼を出しているしな。譲渡不可な皇帝シリーズは見た目が派手でちょっと恥ずかしい罠よ。まあ、見た目は変えればいいんだが。

『万能薬のレシピ』６０００Ｔ、『大剣装備のスキル石』１０００Ｔ、『縮地のスキル石』５０００Ｔ
『蘇生薬』１００Ｔ×３。

この辺りは欲しい。次点で『フル回復薬』１００Ｔ×３、『グランドクロス・刀剣のスキル石』５００Ｔ、『グランドクロス・大剣のスキル石』５００Ｔかな。

ガラハド達に『蘇生薬』を渡したいのだが、説明によるとＨＰ１で蘇生らしいので、ＨＰＭＰの『フル回復薬』も添えたいところ。

プレイヤーは神殿に飛ぶだけだから良いけれど、住人の皆様は大変だ。……もう持ってると言われたらどうしようか。しめて３７００Ｔ、こうしてみると６０００Ｔってひどい数字だな。いかん、ほかは目移りして決まらん。下手すると『性転換薬』をネタで人数分取ってしまいそうだ！

お茶漬情報だと、生産関係とハウス関係はカジノの景品に多いというので、私も取得はそっちの景品を確かめてからにしよう。Tポイントの賞品は量が多いので、後でゆっくり闘技場外でも確認できるようにスクリーンショットを撮っておく。

それにしても『性転換玉』が一覧に無いということは、3000T以上の賞品なのだな。『性転換薬』は期間限定一週間の性別反転、『性転換石』は性別反転なので、バベルとホルスの使用した『性転換玉』は性別反転と何か他の効果——多分容姿か年齢をいじれる——がついているのだろう。これは流石元皇帝、と思っていいのだろうか、微妙だ。

カジノは無意味な、しかし高そうなオブジェクト、溢れる光と音、高い天井とフカフカな絨毯、現実世界のソレと方向性は変わらないが、色とりどりの電飾が無いためか上品に見える。

そこここに扇情的な格好をした女性、あるいは制服を着こなした男性職員が、酒のグラスの載った盆を持って歩いている。酒も魅力的な異性も賭けの判断を鈍らせる仕掛けの一つだろう。

今は闘技大会が終わったばかりで、馴染みの店で試合の様子などを話して盛り上がっているのか、カジノに住人の姿は少ない。代わりにプレイヤーは、闘技大会があるまでこの島にカジノがあることを知らなかった私のようなタイプが多いのか、目新しい場所ということもあって大勢いる。

「いぇーい!!　スロット行くぜ～！」

「狐がいくらか見てくる！」

「ハウスの代金は徴収済みだから好きにして」

「移動代残しとけよ？」

ちょっと心配になって声をかける。

「これから、ハウス予定の島からの移動代はきつくなるでしょ？」

「ハウス購入後、ハウスに帰れない二人の姿が想像つきます」

菊姫とペテロも二人を信用していない模様。

「僕たちが楽しくハウスの内装いじってるときに、本土で泣いてていいのよ？」

「むう」

「ぐう」

本人たちも自分を信用しなかったのか、お茶漬に十万シルを別途預けてから、目当ての場所へ走って行った。素寒貧になるんじゃなかろうか、あの二人、などと残りの四人で話しつつ、レオを追って景品交換所に向かう。

「高えぇぇぇぇぇっ」

先に到着したレオが叫んでいる。

そりゃあ600Tは準優勝分だ、安かったら困る。

「他人のフリしていいかな？」

「いいんじゃないかな？」

音が溢れている場所とはいえ、景品交換所で叫ぶのは恥ずかしい。ついでに「やるぞおおおお」と叫んで走り去るのも恥ずかしい。私たち四人は他人のフリを決め込んだ！

「単位はブロンズ、シルバー、ゴールドか」

コインの両替も確認。それぞれB、S、Gと略される。

「シルより通貨っぽいな」

ゲームテーブルに積んであるコインを見て言う。絵に描いたような金貨というかなんというか。

「ここのコイン、本物の銅・銀・金みたいよ？」

どうやら一足先にチェックしていたらしいお茶漬が言う。

「それはまた。金は重そうな」

「金のイメージそれなんでしか……？」

菊姫が私の言葉に困惑。実際持ち歩くのはきついと思うぞ。

「レートは一万シルが1B、十万シルが1S、百万シルが1G、1Tが1Gか」

覚えやすい、かな？

「Tポイント使うのはもったいないない」

ペテロ。

「1Tあたり百万シルなのね」

お茶漬。

「狐は500G、五億シル？」

怖い値段がしている。

「おっかない値段してるでし」

「頑張って素材を集めたところで、『建築玉』『意匠玉』が景品に並んでいる件」

ちょっと微妙な気分になる。

「割高な気がするし、いいじゃない」

ペテロが笑って言う。

そんなこんなで、わいわい景品を確認。こちらも月替わりで並んでいるものが入れ替わるらしい。

2000G
『カジノの裁縫台』『カジノの炉』『カジノの調薬台』『カジノの錬金台』『カジノの調理台』
『カジノの細工台』
1000G
『農業のスキル石』『牧畜のスキル石』『太公望のスキル石』
『カジノの指輪・器用』『カジノの指輪・器用＋力』『カジノの指輪・器用＋素早さ』
900G
『大工のスキル石』『建築のスキル石』『陶芸のスキル石』
『ガラス工のスキル石』『細工のスキル石』『毒草園のスキル石』
800G
『鬼神の鋼』『鬼神の黒鋼』『アウルの瑠璃』『アウルの黒瑠璃』『ユウスの布』『ユウスの黒布』
700G
『毛刈りのスキル石』『搾乳のスキル石』『木こりのスキル石』『樹木医のスキル石』

６００Ｇ
『性転換石』『調薬・万能薬のレシピ』『錬金・万能薬のレシピ』『転移プレート』
『獣進化石・鳥人』『人進化石・天人』
５００Ｇ
『妖精の腕輪』『身代わり人形』『性転換薬』
『獣進化石・狐』『人進化石・木人』『退化石』
『転移のスキル石』『状態異常回復のスキル石』
１００Ｇ
『蘇生薬』『フル回復薬』『赤竜の鱗』『青竜の鱗』『寄木細工のスキル石』『大量生産のスキル石』

毛刈りって何だろう？　羊毛的なアレだろうか。８００Ｇ台は素材だが、一体なにができるのか。

『万能薬のレシピ』が二つあるので説明を読めば、調薬と錬金だった。Ｔポイントの一覧を確認し直すと、彼方にあるのは錬金のほうだ、魔法使い用なのか？

お茶漬とペテロの会話を聞きつつ、店舗にまだ新しいのがあるというのに、調理台やら錬金台に目移りする。カジノの指輪シリーズは戦闘にも使えるのだろうが、それぞれの生産で必要な能力値が上がる生産用の指輪だ。

ハウス建てるのに大工もいいな……。Ｔポイントの賞品より、こっちの方が欲しいものがあふれている気がする。【命中上昇】、【遠見】などあちらも欲しいスキルはあるのだが。

　そして私は600Gの景品、『転移プレート』の表示に目が釘付けになった。


「『転移プレート』があればハウスへ行くのが楽になるな」

「ん？　あ、本当だあるね」

　眺めながら言えば、ペテロも見つけた様子。

「あると嬉しいね、六億するけど。その前に『転移のスキル石』ゲットしなくちゃ」

　お茶漬は【転移】も欲しいようだ。

「億と聞くと気が遠くなるな」

　恐ろしいことにすでに『雑貨屋』の売り上げが億に達しているが。

「プレートと転移のスキル石、両方はきついけど、片方だけなら生産販売真面目にやってれば結構貯まる気がする額よ？　ただスキルレベルも上げたい場合は、お高い素材で失敗覚悟だからひどいとマイナスだけど」

「みんながスキル上げてる時だから、スキルは上がらないけど素材作って売ったほうが儲けがあるでし」

　お茶漬と菊姫。二人とも堅実な商売をしている模様。

「賭け金払い戻しのおかげで、今は懐が暖かいけど、肝心のハウスの費用抜いたらびっくりするほど多いわけじゃないしね。残りを元手に生産スキル上げて、ちょっとお高めの生産品販売して稼ごうかと思ってたけど……」

「カジノで見ちゃうと増やせないか試してみたくなるね」

お茶漬《ここ》の言葉の後に続けて言うペテロ。

「悪い顔してるでし！」

そう言う菊姫も悪い顔になっている。

「ん？　やるのか？　やるなら気休め程度だがこれをやろう」

私もカジノに来たからには、少々楽しみたい。負けてもその日の昼飯がカップ麺になる程度の範囲なら許容する、まあそれは現実世界の話だが。

「ああ、これ姫と烈火のメンツにあげてたやつ？」

ペテロが金平糖の小瓶を眺めながら言う。

「そそ、幸運が少し上がる。『雑貨屋』開店の引出物にしたやつ」

「ああ。瓶入りでも効果は一緒？」

評価8ができた時、引出物で配る前にクランメンツには効果を確かめてもらっている。

「劣化を止める保存瓶、金平糖自体の効果は一緒——いや、評価10なんで、もうちょっといいかな？　特殊効果は残念ながら重ねられなかったが」

特殊効果も幸運アップを目指しているのだが、なかなか難しい。素材のランクを上げないとダメな気がする。

「僕も、僕も」

「はい、はい」

催促するお茶漬と、菊姫にも『金平糖』の瓶を渡す。

「ふむふむ、特殊は器用さアップですか。生産イレギュラー出易くなりますかね？」

「さあ？」

生産イレギュラーというのは、生産した時に予定のものより数ランク良いものができたり、付与がついていたり――もしくは謎のネジなどの部品ができること。お茶漬が言っているのは前者かな？　後者はまだ使い道がわからず値がつかない。

「あてちのは可愛い色でし！」

菊姫にはピンクやオレンジ多めの瓶。

「そういえばホムラ、鍋のスクリーンショット撮った？」

「撮ったとも」

もちろんです。

「くれ」

「わたちも欲しいでし！」

「私もお願い」

お茶漬が思い出したように聞いてくるのに答えれば、他の二人も便乗してきた。

「待て待て、一応本人たちに配っていいか聞いてみる」

【烈火】のメンツの中で、一緒にボス戦をやった炎王、ギルヴァイツア、クルル、大地とは、パートナーカードの交換をしている。念のため、他の二人にも聞いてくれるよう書き添える。社交性の高いお茶漬などは全員と交換しているようだが、私は戦闘でパーティーを組んだメンツとしかしていない。

そして届いた返事がこちら。

炎王『却下!』
ギルヴァイツア『いいわよ~ん、どうせもう出回っちゃってるしね』
クルル『どうぞにゃ~』
大地『自分も他のメンツも気にしませんが、炎王が一人抵抗しているので、友人の範囲に収めていただけるといいかと思います』

クルルからの軽い返事、大地からの丁寧な返事、そしてギルヴァイツアの話し方が普段おネエだったことを忘れていてちょっと戦慄する。戦闘の時は男らしかったのに。

「友人の範囲ならいいって」

炎王に絡まれたらカレーでごまかそうと思いつつ、私的鍋ベストショットスクリーンショットを三人にメールする。

「おお! さすがすごい臨場感」

早速見ているらしいお茶漬。まあ、見るよな。

「待って、戦闘中いったい何枚撮ってるの？」

ペテロに突っ込まれる。その渡した枚数の二十倍以上撮ってます。

「いっぱいでし！」

「鍋ひどいよ、鍋」

お茶漬が腹を抱えて涙目になっている。

「誰が撮ったか丸わかりだから外出せないね。出処がどこか根掘り葉掘り聞かれそう」

欲しがった割にペテロが冷静だ。でもそっと隠した口元が、プルプルしているのを目撃。

喜んでいただけたようで何よりです。


「どのゲームにするでし？」

「ルーレット、カード、スロット。カードだけでもポーカー、バカラ、ブラックジャックといろいろあるね」

お茶漬が笑いすぎて涙目になったままだが、シルをSに換えてゲームを選ぶ。元手は3Sな四人。実際にはB交じりだが。

「私、ポーカー苦手だ」

無表情なままなくらいならなんとかなるのだが、相手のフェイクに引っかかる。

「ホムラってオセロ・将棋弱いのに囲碁は強くて、ポーカー弱いのに人狼ゲーム強いよね？　不思議すぎる」

「囲碁と百人一首なら任せろ！」

「選択肢が渋すぎる」

お茶漬が不審がるのに答えれば、ペテロに渋いと批評される。

親のせいか曽祖母のせいか、はたまた姉のせいか微妙なところだが、しばらくカルタは百人一首のことだと思っており、犬棒カルタを知らなかったのは微妙な思い出だ。

多分実家の近所に剣術道場なんかあったら通わされていたんじゃなかろうか、なかったので幼少期は普通に野山を駆けずり回っていたが。田舎です田舎。

わいわい言いながら結局ルーレットに決め、それぞれ賭ける。

ここに来るまでに通った、スロットマシンの方、でシンの叫びが聞こえた気がしたがスルーした。

シンは現実世界では特に賭け事の気配はないのに、スロットマシンがあるゲームだと入り浸るのは何故なんだろう？　としばらく疑問を持っていたのだが、お茶漬けの「単に現実世界では仕事が午前様すぎてお外行けなくて、ゲーム内で慣れちゃったんでしょ。経済的だし」に納得した。忙しくって何よりです。


「黒で」

「便乗」

「便乗でし」

「じゃあ僕も黒の奇数」

九度目の賭け、今の所私は全勝。最初に1Bを赤に賭けて、次に配当で二倍になった2Bをストリートベットと黒に賭け、両方当てて12Bと2Bゲット。小市民なので1Bは保険で、赤黒か奇数偶数の配当は倍にしかならないが、当てやすいものに賭けている。勝つごとに賭け金も増やしていき、とうとうGで賭けるようになった。

「リアルラックに、ステータスのラックの補正プラスみたいな感じなのかに？」

お茶漬がコインを十枚ずつに揃えながら言う。

「それを言われるとそろそろ賭け金少なくしたくなるな」

ルーレットは、数字単体・赤黒に賭けるだけでなく、四つの数字に賭けるコーナーベットとか賭ける場所に色々種類があることを初めて知った。以前やっていたゲーム中にもルーレットはあったのだが、今思うと簡略化されていたのだろう、賭けの方法は四つしかなかった。

「こう、巨大なコイン抱えて走り回ったのとは違うね！」

お茶漬も同じゲームを思い出している模様。巨大ルーレットの中を、カウントダウンの中、プレイヤーが目当ての数字や、三分割された外周やらにコインを抱えて走ってゆくのだ。ちなみに外れたプレイヤーはルーレットから吹っ飛ばされる。

「あれはなんか体育会系だったね」

「よくシンとレオが飛んでたでしね」

「あんまり外さない、お茶漬とペテロが飛ぶと可笑しくてな」

ペテロも菊姫も思い出したらしく、想い出話に花が咲く。

一度、そろそろやばいかと賭け金を両方1Sにしたところで外れ。その後外れた後だしやってみるかと数字一点がけも交ぜて賭けたら大当たり。小さく外したり大きく当てたりを繰り返しながら気づけば高額。

「ちょっと奥さん、11903Gとかになってるんだがこれ大丈夫か」

「気づいてしまったか」

私が誰にともなく言うと、お茶漬が真面目な顔で返してきた。

「奥さんて誰でし？　井戸端会議でしか」

菊姫のつっこみ。

「外れた時は大して賭けてない時が多かったしね。回避すごい」

ペテロの言う通り、大きく負けることなくここまで来てしまった。

「十二倍効果がひどい」

お茶漬たちは途中から私が賭けた場所と、自分が賭けたい場所の二種類に賭けていたのでGがどうなっているか謎だが似たような額を持っているのではないだろうか。

「転移プレートどころか裁縫台がもらえるでし！」

菊姫が嬉しそう。

「そろそろ落ちなきゃだし、交換して終わろうか？」

お茶漬も寝る時間が近いようだ。

「金欠二人組はどうしたかな?」

「金欠が金欠たる所以がね」

私の心配に、ペテロが薄く笑う。

私がドキドキしてきたところで時間も時間なので終了。賭け事は引き際も肝心だよな! 単なる小心者だが。

「私、Tポイントもあるし、クランハウス用の転移プレートとるぞ」

「わーい! じゃあ100Gの中で、ホムラに欲しいものあったら代わりに交換するでしよ」

「別にいいぞ?」

「どうせシン・レオの分はかぶることになるんだろうし、遠慮しないで」

ペテロの言う通り、シンとレオから回収できる気がしないし、する気もない。

「そうそう、今ならGあるしね」

お茶漬が手をひらひらさせる。

どうやら菊姫だけでなく、ペテロとお茶漬も100Gから交換してくれるようだ。

『農業のスキル石』、調薬と錬金それぞれの『万能薬のレシピ』、『転移プレート』二つ。

『大工のスキル石』、『ガラス工のスキル石』。

『カジノの調理台』『カジノの調薬台』『カジノの錬金台』。

宝飾など細かい作業をする『細工台』は、元々【宝飾】自体が憑依避けアクセサリーを作ることが目的だったので、高ランクは作れなくてもまあいいかなと。ガルガノスの作った品々を見ていると、自分のセンスのなさがですね！

その他、『蘇生薬』『フル回復薬』を三つずつ交換。三人に甘えて、万能薬のレシピにあった素材を幾つか交換してもらった。

あの島の所有権申請を早いところして、本日ゲットした装備を並べたいところ。果樹や野菜も植えて、ドゥルほどではないにしても畑を作りたい。

【ガラス工】はよく映像で見る膨らませるあれがやってみたいので取った！　ゲームだし、必要がなくてもやってみたいスキルを取ったっていいじゃない。

あ、だがこれで『金平糖』の保存瓶が作れるようになる、のか？

【大工】は完全にクランハウス用だ。クランハウスは巨大樹の上のツリーハウスにする予定。自室は少しずつ色々自分でしたい誘惑が。

「【大工】を取ってしまった」

「僕は【建築】を取ったよ」

「基本の【木工】ないとレベルかなり上がり辛いんじゃない？　大丈夫二人とも？」

ペテロに心配される私たち。

「う、がんばる」

「僕は【木工】取ったから、大丈夫」

お茶漬は一抜け、おのれ。一応取得可能リストに【木工】はあるのだが、スキルポイントが勿体無いと思ってしまう私。ちょっと取らないまま頑張ってみよう。
お茶漬は他に【太公望】という、釣りの最中に魚以外のレアアイテムがゲットできるスキル、菊姫は【牧畜】と【毛刈り】、ペテロは【毒草園】のスキルを取ったそうな。菊姫は素材ゲットから裁縫を極めるつもりなんだろうか。ペテロはもうノンストップですね！　でもそれも【栽培】がないとレベル上がりにくいと思うぞ！　【農業】もだがな！

お茶漬：もうこっちは寝るよ
菊　姫：今ならホムラが『転移』でファスト連れてってくれるでしょ？
ホムラ：シン、レオ、おやすみ？
ペテロ：返事がない、ただの屍のようだ

交換を終えて、別行動二人組に連絡を入れる。ちょっと待っていると、間をおいて反応があった。但し二人とも「うをおおおおおおっ」とかいう雄叫びだったので、返事は諦めて置いて行くことにした。本日の二人はカジノの床で寝るのかもしれない。
私たちはファストで宿を取り、気持ちのいいベッドで揃っておやすみなさい。

さあ、明日はいよいよハウス取得だ！

ホムラ Lv.38 Rank C クラン Zodiac 職業 魔法剣士 薬士(暗殺者)
HP：1408 MP：1887 STR：101 VIT：55 INT：205
MND：67 DEX：67 AGI：111 LUK：119
NPCP【ガラハド】【―】 PET【バハムート】
称号
■一般
【交流者】【廻る力】【謎を解き明かす者】
【経済の立役者】【孤高の冒険者】【九死に一生】
【賢者】【優雅なる者】【世界を翔ける者】
【痛覚解放者】【超克の迷宮討伐者】
【防御の備え】【餌付けする者】【環境を変える者】
【火の制圧者】【絆を持つ者】【漆黒の探索者】
【惑わぬ者】【赤き幻想者】【スキルの才能】
【快楽の王】
■神々の祝福
【アシャの寵愛】【ヴァルの寵愛】
【ドゥルの寵愛】【ルシャの寵愛】

【ファルの寵愛】【タシャの寵愛】
【ヴェルナの寵愛】【ヴェルスの寵愛】

■神々からの称号
【アシャのチラリ指南役】
【ドゥルの果実】【ドゥルの大地】【ドゥルの指先】
【ルシャの宝石】【ルシャの目】【ルシャの下準備】
【ファルの睡蓮】
【タシャの宿り木】【タシャの弟子】【タシャの魔導】
【ヴァルの羽根】
【ヴェルスの眼】
【神々の印】
【神々の時】

■スレイヤー系
【リザードスレイヤー】【バグスレイヤー】
【ビーストスレイヤー】【ゲルスレイヤー】
【バードスレイヤー】【鬼殺し】
【ドラゴンスレイヤー】

■マスターリング

【剣帝】【賢帝】
・闘技場の称号
【NPC最強】（非表示）
【雑貨屋さん最強】（非表示）
【ロリコンからの天然】（絶賛非表示中）

スキル（7SP）
■魔術・魔法
【木魔法Lv.33】【火魔法Lv.31】【土魔法Lv.31】
【金魔法Lv.30】【水魔法Lv.30】【☆風魔法Lv.30】
【☆光魔法Lv.32】【☆闇魔法Lv.31】
【☆雷魔法Lv.33】【灼熱魔法Lv.23】【☆氷魔法Lv.34】
【☆重魔法Lv.30】【☆空魔法Lv.30】【☆時魔法Lv.34】
【ドルイド魔法Lv.30】【☆錬金魔法Lv.24】
■治癒術・聖法
【神聖魔法Lv.36】
【幻術Lv.36】
■特殊

【☆幻想魔法Ｌｖ．５】
■魔法系その他
【マジックシールド】【重ねがけ】
【☆範囲魔法Ｌｖ．37】
【☆魔法・効Ｌｖ．32】
【☆行動詠唱】【☆無詠唱】
【☆魔法チャージＬｖ．28】
■剣術
【剣術Ｌｖ．37】【スラッシュ】
【刀Ｌｖ．36】【☆一閃Ｌｖ．30】
【☆幻影ノ刀Ｌｖ．22】
【☆断罪の大剣】
■暗器
【糸Ｌｖ．42】
■物理系その他
【投擲Ｌｖ．15】
【☆見切りＬｖ．33】
【物理・効Ｌｖ．22】

■防御系
【☆堅固なる地の盾】
■戦闘系その他
【☆魔法相殺】【☆武器保持Lv．35】
【☆攻撃奪取・生命Lv．27】【☆攻撃回復・魔力Lv．31】
【☆スキル返しLv．1】
■召喚
【白Lv．27】
【☆降臨】『ヴェルス』
■精霊術
水の精霊【ルーファLv．24】
闇の精霊【黒耀Lv．35】
■才能系
【体術】【回避】【剣の道】
【暗号解読】【☆心眼】
■移動行動等
【☆運び】【跳躍】【☆滞空】【☆空翔け】
【☆空中移動】【☆空中行動】

【☆水上移動】【☆水中行動】

■生産

【調合Lv.40】【錬金調合Lv.43】

【料理Lv.43】【宝飾Lv.33】

【魔法陣制作Lv.25】【大工Lv.1】

【ガラス工Lv.1】【農業Lv.1】

■生産系その他

【☆ルシャの指先】【☆意匠具現化】

【☆植物成長】【☆緑の大地】

【大量生産】

■収集

【採取】【採掘】

■鑑定・隠蔽

【鑑定Lv.44】【看破】

【気配察知Lv.44】【気配希釈Lv.43】【隠蔽Lv.43】

■解除・防止

【☆解結界Lv.5】【罠解除】

【開錠】【アンロック】【盗み防止Lv.24】

■強化
【腕力強化Lv.12】【知力強化Lv.14】【精神強化Lv.14】
【器用強化Lv.12】【俊敏強化Lv.13】
【剣術強化Lv.12】【魔術強化Lv.12】
■耐性
【酔い耐性】【痛み耐性】
【☆ヴェルスの守り】【☆ヴェルナの守り】
■その他
【HP自然回復】【MP自然回復】
【暗視】【地図】【念話】【☆房中術】
【装備チェンジ】
【生活魔法】【☆ストレージ】【☆誘引】
【☆風水】【☆神樹】【☆畏敬】
☆は初取得、イベント特典などで強化されているもの

とあるゲームの裏事情

▶ WE'VE STARTED A NEW GAME.

Presented by Jaga Butter
Illustration by Enishi Shiobe

◆◇◆

運営B「ちょ！　闘技場がいかがわしいです主任！」
運営A「え？　何があった」
運営B「皇帝がなんかやばいスキル持ってる⁉」
運営A「誰か倒せばおさまるだろう」
運営B「無理っぽいですよ！！！　なんですこのステータス！」
運営A「……これ倒せるプレイヤーいる？」
運営B「その倒せるプレイヤーが【房中術】持ちです！！！！」
運営C「闘技場担当チーム、大変ッスね」
運営B「人ごとか！」
運営C「人ごとッス！」
運営A「……あっちはチームが違うからな」
運営C「イベントが始まったら、きっとあっちもあのプレイヤーで苦労するッス」

◆◇◆

運営B「ああ……」
運営A「どうした？」

運営Ｂ「水のドラゴニュートが、例のプレイヤーと絡んでます」
運営Ａ「やっぱりか！　会ったとしても、条件満たさなければ絡むまでいかないはずなのに」
運営Ｂ「早めに調整依頼出しておいてよかったですね」
運営Ａ「まだ安心できない予感がする」
運営Ｃ「予感じゃないッス、すでに騎獣になってるッス」
運営Ａ「騎獣？」
運営Ｃ「騎獣ッス。何故かドラゴニュートが騎獣になってるッス」
運営Ａ「何で⁉」
運営Ｃ「知らないッス！」
運営Ｂ「待って、待って。制限があるとは言え、ドラゴニュート飛べなかったか？」
運営Ｃ「飛べるッス。と言うか飛んでるッス」
運営Ａ「ちょっ！　やめて、やめて」
運営Ｂ「一人で大陸解放総なめ……？」
運営Ｃ「一応正式ルートで入国しないとカウントされない……ハズッスよ」
運営Ａ「それでもいくつかは有利になるだろ」
運営Ｃ「今のところ行ってるのは、そこそこ近くの島だけッス。今のところ」
運営Ｂ「普通は、まだ敵が倒せないエリアのはずですが――倒せそうですね、このステータス」
運営Ａ「早めに他のエリアに行けたとしても、魔物の目を盗みながら短時間の採取・採掘程度の前提が……」
運営C「その魔物も倒されるッスね」
運営B「魔物の高ランク素材が出回るせいで、ここのサーバーは攻略が早まりそうですね」
運営A「本当にこのプレイヤーどこかに閉じこもってくれないかな？」
運営B「せめて一箇所にとどめてくれれば、対処しやすいですよね」
運営C「住民の好感度も高いし、いっそハーレムつくって交流だけしていてほしいッス」
運営B「それができる称号やらスキルやら――って、サキュバスまで倒してるのか、この人！」
運営A「一番被害がないのは闘技場のＮＰＣ生成で男でも女でも……」
運営C「羨ましいッス！」

◆◇◆

運営A「暗殺者ギルドの方も進みが早いな」
運営B「困るほどじゃありませんが、いくつかクエストとびましたね」
運営C「少し変えて、クエストの使い回しができるからいいッス」
運営A「裏のクエストは、表に影響はあるにはあるが、メインストーリーが進むキーとは無縁だからな」
運営B「表は暗殺系では攻略できないクエストもありますしね」
運営C「この人、『隠されたドラゴンリング』候補ッスかね？」

運営A「ソロだしな。まずコイツだろう」
運営C「裏はリング関係のクエスト長いんでしたっけ？　そこから先は担当別なのも気楽ッス」
運営A「取得してからが長いというか、気を抜くとすぐ取り返される仕様だな」
運営B「裏は暗殺以外にも面倒で長いクエスト多いですし、根気が要りますしね」
運営C「でも、もうナルンと接触してますよ」
運営B「……指輪を割るつもりですかね？」
運営A「ルンルンで暗殺して回ってるやつが、能力減退させてまで安定はとらんだろ」

◆◇◆

運営A「『ランスロット』と『ドラゴニュート』はどうした？　離脱したか？」
運営B「いいえ」
運営C「好感度、うなぎのぼりッス」
運営A「何で⁉」
運営B「本当に何ででしょう……。特にドラゴニュートは戦闘にも連れ出してるのに」
運営A「適正レベルより上の戦闘エリアに行って、好感度が下がらないのはＮＰＣの頼みだった場合か？　水のドラゴニュートにそんなクエストあったか？」
運営B「ありません。でも、勝てば多少好感度上がりますけど、称号スキルを考慮しても上がりすぎですし、ドラゴニュート側の事情なんでしょうね。自動生成された単発クエストでしょうか？」

運営C「最強騎士、店舗から動かないんッスけど、もしかしてランスロットに店番させてるんッスすかね？　この人」

運営B「最強騎士の販売員」

運営C「エプロンつけてほしいッスね」

運営B「やめろ！　近所のフリルつきの制服が浮かんだ！」

運営C「何でよりによってそれを想像するッス。先輩は制服目当てで店に通いすぎッス！」

運営A「ギャルソンエプロンあたりにしておけ」

運営B「……白い獣人も雇ってますし」

運営C「話題を変えたッス」

運営B「『ランスロット』と『ドラゴニュート』。下手するとアイルが壊滅するんじゃないですか？」

運営C「話を逸らしたッス」

運営B「……」

運営A「このプレイヤーは、公爵令嬢とも交流がある。アイルの結界が消滅した時、どっちを選ぶのか興味はあるな」

運営B「アイルと帝国と、イベントはどちらが早いですかね」

運営C「きっと結果は斜め上ッス」

◆　◇　◆

運営B「このプレイヤー、例の暗殺者とペアのクリアデータも多いですね」
運営A「え。暗殺者ってソロじゃないのか？　ここまで再現度高いゲームで、えげつなくサクサクいくなんて絶対友達いないと思ってたんだが。【解剖】なんかとってるし」
運営C「ちゃんとクランにも入ってるッスよ」
運営A「擬態、擬態か！」
運営C「ちなみに一緒のクランッス」
運営A「嫌なクラン!!」
運営B「このクラン、少人数なのにあの釣り師もいるし、行動が派手ですね」
運営C「釣り師もソロであちこち行ってるし、かと思えば大人数でクエストをこなしてたりするんッスよね。実害はないッスけど」
運営A「……類友？」
運営B「このプレイヤーは、クランの誰かとペア行動のデータもありますね」
運営C「付き合いいいッスね」
運営B「パートナーカードの量は住人の方が多いのに」
運営C「暗殺者の方は、例のプレイヤーとしかペアでの活動はないッス。効率重視ッスかね？」
運営A「やっぱりぼっちか」

運営B「帝国にほぼ直行したプレイヤーもぼっちですね。ジアースに来てはいますが」
運営C「あっち、イレギュラーなのは最初だけだったッス。住人の使い方も想定内だし、問題ないッスね」
運営A「みんな足並み揃えてくれれば楽なのになあ」

◆　◇　◆

運営B「うわー」
運営C「大惨事ッス」
運営B「でも、闘技場は闘技場内で完結するからいいよな」
運営C「この人、動き綺麗ッス。実際見るってのもたまにはいいッスね」
運営B「調整の心配なく、観客と同じ目線で楽しめるのいいなぁ」
運営C「担当じゃないッスからね！」
運営A「差し入れだ。闘技大会の様子は？」
運営B「ありがとうございます」
運営C「順調に大惨事ッス」
運営A「順調に……。まあ、予想通りひどいんだな。隣から悲鳴が上がってた」
運営B「プレイヤーが将来取得できるスキル、大公開状態ですからね」
運営A「……これが外でも使われるのか」

運営C「今は考えないッス！！！」

再びの忍者戦隊

WE'VE STARTED A NEW GAME.

Presented by Jaga Butter
Illustration by Enishi Shiobe

「おー、私が最後か」

「お帰り」

端に座っていたペテロが片手をひらひらしてくる。

仕事を終え、色々済ませてログインすると、お茶漬から挨拶と共に、ファストのレストランに呼び出された。

レストランに到着すると、すでに私以外全員揃っている。

「お帰りでし。何か飲むでしか？」

「紅茶で」

このレストランでの待ち合わせも何度目かなので、メニューを見るまでもない。

「早くクランハウス欲しいね。あったら生産しながら待てるし、ゴロゴロできるし」

お茶漬がパフェを突きながら言う。

「そうだな」

気兼ねなく集まれる場所は早く欲しい。

「で、今日は何する？」

シンが乗り出してくる。

「はい！　戦隊モノやりたい！」

「また？」

「普通は迷宮とかクエストだよね」

レオが元気よく言ったところで、間髪を容れずにお茶漬とペテロ。

「みんなで鍋持って戦いたい！」

いい笑顔のレオ。

「あー……。はい、はい。『烈火』が面白かったんですね、わかります」

お茶漬が思い当たったようだが、私の方も脳内に鍋を持った烈火のメンツが浮かんだ。

「忍者戦隊再び結集でし？」

「あれは一度でいいでしょ」

笑顔でさらりと言っているが、これは抵抗を試みているペテロ。

「スキルばかり使ってくる敵がいる場所っていうと、サーの渓流クエストか？」

一度しかしたことがないが、確か通常攻撃をしてくる敵は出なかった記憶。

「ああ、あそこ。今の私たちのレベルなら、そんなにハードじゃないし遊びならちょうどいいか」

「うん。ちょうどいいんじゃない？　倒した敵もカウントされるし」

ペテロとお茶漬の同意。

「鍋の反射だけで進むでし？」

「そそ！　で、戦隊！」

「何をどう戦隊……」

敵の攻撃を反射しながら進むのはわかったが、戦隊が謎だ。鍋を抱えていればいいのか？　確かに『烈火』たちは、鍋を抱えてるだけで戦隊っぽく見えたが。

「鍋戦隊結成か！」

シンがニヤリと笑う。

「いや、そのセリフで格好をつけられましても……」

反応に困る。

「反射外したら、ダメージ食うように全員忍者服で」

「……初期服で」

ペテロの初期服、忍者とかわらない……。もしや、ゲーム開始の合流前に着がえている？

「忍者戦隊鍋レンジャーだぜ！」

お茶漬の提案を否定するペテロの声が、レオの声にかき消される。

盛り上がる流れを止めるのは、なかなか気力がいる。いや、その前に鍋はいいのか？

「ごめん。私、あの服黒く染めてしまった」

小さく手をあげて申告。嘘はついていない、ただ白く染め返すのも簡単なだけで。

「普通の布だし、すぐに作れるでしょ」

そう言って、メニューを操作する菊姫。

うむ、一度作った物は登録されてるはずだし、特に付与や能力を気にしなければ、「生産しますか」に「はい」の選択だけですね。

「はっきり却下しないってことは、ちょっと参加したい気持ちもあるでし？　格好つけは諦めるでしょよ」

私に出来立ての白い忍者服をトレードしながら、どう考えてもペテロに向けて言う菊姫。バレてます、バレてますよ！

確かに本気で嫌だったら、ばっさり切り捨てる。

「実は鍋に興味がおありで？」

「ないです」

「戦隊モノ？」

「……」

「ペテロ、決め台詞があるものとか好きだな」

決めポーズも割と好きっぽい。ただ熱血とは程遠く、スマートに格好をつけようとする傾向が強いので、自身の中で微妙に相容れない感じか。忍者ロールプレイで、時代劇は許容範囲なのに。


本日の予定が決まり、サーに移動。

「何やってるんだ？」

移動先に元祖鍋戦隊の三人がいた。炎王、ギルヴァイツア、クルル。

「忍者戦隊鍋レンジャーだぜ！」

元気よく笑顔で答えるレオ。びしっとポーズつき。

「……っ」

鍋レンジャーにぴくりと反応する炎王。

炎王も大分格好つけなので、あの鍋はかなり不本意だったのだろう。真面目な顔と鍋の対比がツボで、つい戦闘中スクショを撮りまくっていた私です。

「おそろいなのねぇ」

ギルヴァイツアが頬に指を当てて笑う。

「おそろいにゃ！」

そして今現在、クルルにスクショを撮られまくっている気配。忍者服はお好きですか？　私は割と好きです、カラフルじゃなければ。

菊姫とレオ、シンはなんかポーズ取り始めたし。あ、お茶漬も参加した。

「ああ、そうだ。職別個人、優勝おめでとう」

「おめでとう、職総合団体二位も。それがドラゴンリング？」

ペテロがギルヴァイツアの手を見る。

「あら、ありがとう。ふふ、あげないわよぅ？」

「ありがとにゃ」

「祝いは受け取っておく」

仏頂面の炎王だが、顔が少し赤い。

ドラゴンリングは私も持っているが、隠蔽を選択して見えないようにしてある。ギルヴァイツアは、堂々と見せる方向のようだ。

「これ、能力の底上げすごいんだけど、それでもレンガードにまったく届かなかったのよねぇ」

ぶっ！

「ふん、いつか必ず勝ってやる」

「怖かったにゃ。あれに勝てる気しないにゃー」

すまん、悪気はなかったのだが、財布事情的に確実に勝ちたかったもので。

「ハルナたちと待ち合わせにゃ、また後で」

「またね、うふ」

そう言って神殿に向かう三人に、みんなで手を振る。

「……」

「トラウマになってないといいでしね」

菊姫の言葉が胸に刺さる。

「わはははは！」


炎王たちと別れ、クエストを受託。

このクエストは、ソロでもパーティーでも受けられるのだが、倒した敵がカウントされ、敵を倒した数を競うミニゲームになっている。

場所は渓流で、高低差のある川を遡って進むことになるのだが、足場になる石が崩れたり、鉄砲水のように急に勢いよく水が流れ、下流に戻されることもある。戻されると、倒した敵の数がマイナスされる仕組みだ。

「死んだら無条件で負け。一番敵を倒した人が勝ちでオッケー？」

「それでオッケーですね」

シンの確認にお茶漬がうなずく。

「戦隊といいつつ、競争するとはこれいかに」

謎すぎる。戦隊メンバーの修行設定とかだろうか。

「わははは！　いっくぜぇ！」

「あ、ちょっと！　いきなり開始ひどいでし！」

流れる水と岩を物ともせず、渓流を登って走っていくレオの背に、菊姫が抗議する。

「必殺の鍋バリアあああ!!」

金色の光がレオの前方に現れる。

「あ」

「あ」

「あ」

私とシン、お茶漬の声が漏れる。

レオの後ろから、敵の攻撃。渓流を遡るのが速すぎて、隠れていた敵をスルーしていたようだ。

「ぎゃあああああああっ」

後ろからモロにスキルを受けて、レオの悲鳴が上がる。

「さすが釣り師、渓流を遡るの速いね」

レオの負ったダメージはスルーなペテロ。

「フライングするからでし」

ぷんすこしている菊姫。

「ぶあああああああああっ！」

鉄砲水で流されるレオ。

「お帰り」

足元に戻って来たレオに声を掛ける。

毎度、カオスな日常。だが、楽しいのだから仕方がない。

雑談する者たち

WE'VE STARTED A NEW GAME.

Presented by Jaga Butter
Illustration by Enishi Shiobe

【ぽろり】雑談 part26【注意】

——略——

140 名前：名無しさん
闘技場がカオスwwww

141 名前：名無しさん
バベルとホルスだっけ？
闘技場はパンツ必須！

142 名前：名無しさん
何があった？

143 名前：名無しさん
なんかH系のスキル持ってるみたいで
バベルは鍔迫り合いしてる時に耳元で囁かれたり
甘噛みされたりしただけで尾てい骨直下で腰砕け。
ホルスはホルスで幼女・ショタが守備範囲で危険危険。

144 名前：名無しさん
ステージの上でショータイム？
見学ありですか？

145 名前：名無しさん
さすがにステージ上で最後まで行かないけど
勝敗決した後に気にいられてるとお持ち帰りされるらしいw

146 名前：名無しさん
マジか！

147 名前：名無しさん

そもそもパンツ脱げる設定にしてる奴らだから
嫌ならパンツを穿けばよろし。

148 名前：名無しさん

そそ、その手の状態異常は穿いてれば【混乱】に置き換わるｗ

149 名前：名無しさん

なんだ、最初からアレな方々か。リア充も直結も爆発しろ！

150 名前：名無しさん

いやいや、幼女の中身が女とは限らんだろ。

151 名前：名無しさん

ぶっ！
やな想像させるな！

152 名前：名無しさん

代わりにショタの中身も男とは限らないんだよなぁ
てか、ギブアップ選べるのに選ばない時点で。
闘技場に限らず、Ｈぃ気分がスキル効果の場合は
システムが聞いてくるじゃん。

153 名前：名無しさん

>>152
新しい世界へようこそ！
パンツ穿いてるって普段穿いてないみたいだな。
パンツを脱げる設定にしている、だよねｗ
中には、ノーパンもいそうだけど。

154 名前：名無しさん

>>147
自キャラを見るつもりで脱いでるだけだったら大惨事。
とか思ったら惨事になる前に選べるのか。変態だな。
>>153
アンカー失敗してるぞw
自分で新しい世界に踏み込んでるようだw

155 名前：名無しさん

変態。

156 名前：名無しさん

うん、変態。

157 名前：名無しさん

変態。

158 名前：名無しさん

変態変態！　気色わりーな！

159 名前：名無しさん

でもお好きなんでしょう？

160 名前：名無しさん

ホルスの『薔薇の檻』の拘束魔法もヤバイ。
すごくヤバイ。

161 名前：名無しさん

経験者の方ですか？

162 名前：名無しさん
バベルでもホルスでもどっちもヤバイ。
何がヤバイかって、だんだん嫌じゃなくなるのがヤバイ。
てか、二人とも顔がいい。

163 名前：名無しさん
ウヘェ。

164 名前：名無しさん
真面目にそいつらと対戦しなきゃダメなの？

165 名前：名無しさん
普通の男戦士と戦ってたの見たけど、ヤバイ。
スキル使ってなくても無茶苦茶強かったぞ。

成人男性は無事だ。

166 名前：名無しさん
連勝すればするだけ商品のランクあがるステージで
奴らが出るとアウト！
おとなしくギブアップ選ぶよ。新しい扉開けたくない。

167 名前：名無しさん
闘技場のNPCだよね？
運営は何考えてそんなキャラ作ったの？

168 名前：名無しさん
知らんｗ
改善要求いってそうだな。

169 名前：名無しさん
闘技場は隠された性癖を暴露する場なのか。
カオス。

――略――

884 名前：名無しさん
やっぱり早くに店舗出してるとこって品物いいなあ。

885 名前：名無しさん
『黄金の槌』以外は値段も良心的。

886 名前：名無しさん
『黄金の槌』は腕のいい生産者集めてるし
品質はいいんだけど、ぼったくり。

887 名前：名無しさん
クラン『黒百合姫』のとこと提携してるんでしょ？
手に入りづらい素材、他と比べて使えるから
職人のレベルも高いんだよね。

888 名前：名無しさん
『ヘパイストス』は『クロノス』御用達だし
大きいとこは多かれ少なかれ需要と供給で前線組と仲良いよね。

889 名前：名無しさん
『黒百合姫』んとこ、姫プレイうざくて好かん。
こないだ従者にドロップ譲れって絡まれたし。

890 名前：名無しさん
『黄金の槌』とはくっつくべくしてくっついたってかんじだね。

891 名前：名無しさん
エリアスのとこの『アトリエ』とか『剣屋』に、
個人的には頑張ってほしい。

892 名前：名無しさん
『アトリエ』いいもの作ってるんだけど、
強いもので揃えようとするとコーディネート難しくって、
つい同じデザインでそろうとこいっちゃう。

893 名前：名無しさん
個人だとパーツ全部に『得意補正』つくわけじゃないから
むずいよね。

894 名前：名無しさん
レンガードの店の名前が『雑貨屋』な件について。

895 名前：名無しさん
わかりやすくてええやん。

896 名前：名無しさん
『剣屋』だってそのままじゃん。

897 名前：名無しさん
『雑貨屋』さん店じまいはえぇよ!!

898 名前：名無しさん
一定量売ったらしめちゃうみたいね。

899 名前：名無しさん
本日の蕎麦終了しましたみてぇだな。

900 名前：名無しさん
本日のうなぎ終了しました、だな。

901 名前：名無しさん
>>899
かぶった。

902 名前：名無しさん
ラピスちゃん耳毛がぽわぽわでカワイイ！

903 名前：名無しさん
転移と帰還、安心の評価10だし、
活性も耐性薬も欲しいよな〜。
てか、どうやって属性石集めてんだろ。

ノエルの冷たい視線がたまらん。

904 名前：名無しさん
他の生産でも使うし、絶対需要と供給、供給足りない。
闇と光、値上がって今は三万？
>>903
ショタか！しかもHENTAI！

905 名前：名無しさん
最低三万だなぁ。
>>902,903
通報しました。

906 名前：名無しさん
無属性石なら闇と光じゃなくって、
六つの属性でもできたってよ？
他の属性なら拾ってこられるよね？
>>902,903
通報した。

907 名前：名無しさん
それでも供給足らねーし他の店の評価５の値段じゃん。
>>902,903
通報余裕

908 名前：名無しさん
やっぱNPCなんじゃないかな？
『雑貨屋』だし。

909 名前：名無しさん
カレー、カレーが罪深い。

910 名前：名無しさん
他でもカレーは売ってるけどナンだしな。
米、米が！　カレーライスがああああああ。

911 名前：名無しさん
炎王がカレー買えなくてorzってなってるの見たwwwwww

912 名前：名無しさん
NPCでファイナルアンサーじゃないかな？

商業ギルド支店の隣の酒屋、ギルド職員が住人相手に卸し販売してるんだけど、あそこもレンガードが所有者になってた。

913 名前：名無しさん
何故に卸屋。

914 名前：名無しさん
さあ？　米もどっから手に入れたんだろうな。

915 名前：名無しさん
一般利用できないけど、試飲ならさせてもらえるよ！
料理屋持ってなくても五百シルで三種類選べて飲ませてくれる。
んで、卸した店の紹介という流れ。

916 名前：名無しさん
商売上手！

——以下続く

戦いを観る者たち

▶ WE'VE STARTED A NEW GAME.

Presented by Jaga Butter
Illustration by Enishi Shiobe

【闘技大会】part１【実況】

1 名前：名無しさん
立ててみた。

2 名前：名無しさん
>>1 乙。

3 名前：名無しさん
>>1 おつおつ。

4 名前：名無しさん
職別予想
剣士系　→【烈火】炎王
拳士系　→【烈火】ギルヴァイツア
魔術士系→【クロノス】クラウ
or【黒百合姫】黒百合
シーフ系→【クロノス】カエデ・モミジ
治癒士系→【クロノス】シラユリ

5 名前：名無しさん
カエデ・モミジは二人セットで連携強いから
ソロはそうでもないんじゃない？

6 名前：名無しさん
【烈火】のハルナは？

7 名前：名無しさん
>>6
完全に固定砲台だから、盾がいないとアウト。

8 名前：名無しさん
住人もでてるよ？
バベルとホルス、カナンはなんか前回個人優勝とかで
平常時の闘技場でもやたら強い。

9 名前：名無しさん
>>8
前の二人は修正されたエロ剣士＆魔法使い？
カナンって？

10 名前：名無しさん
>>9
拳闘士。
小柄な童顔なのにキツイ目したねーちゃん。

11 名前：名無しさん
運営はプレイヤーに勝たせるつもり無いのか？
エロ剣士＆魔法使い、カナンって
闘技場の通常選べるやつでもツムやつじゃん。

12 名前：名無しさん
>>11
カナン【闘王】のリング保持者だぜ？
バベルは【剣王】、ホルスは【賢王】な。

13 名前：名無しさん
マジか。

14 名前：名無しさん
え、リングも住人アリなの？

15 名前：名無しさん

てか、『マスターリング』五つのうち、
一つは闘技大会の前回優勝者＝住人が持ってるみたいよ？
その一つは正しくは『ドラゴンリング』みたいね。
『マスターリング』四つと『ドラゴンリング』一つになるのかな？
闘技場の【皇帝】の称号と『ドラゴンリング』がセット。
んでバベルとホルスはマスターリング持ちのプレイヤーに
負けて【皇帝の騎士】（＝【王】相当）『マスターリング』持ちになってる。

16 名前：名無しさん

>>15
勝てばリング貰えるの？

17 名前：名無しさん

>>16
基本マスターリングは条件満たしたヤツに現れるから
どうだろ？
【皇帝】への挑戦権がもらえるのかな？
【皇帝】が闘技場にいるなら直で【皇帝】と戦ったほうが早いw
そういうわけでカナンもギルヴァイツアに負けて
ギルヴァイツアが今、『ドラゴンリング』持ってるはず。

18 名前：名無しさん

【皇帝の騎士】って倒した時の【皇帝】の能力コピーらしいじゃん。

19 名前：名無しさん

らしいねえ。

20 名前：名無しさん

ヤツラがちょくちょく出てくるのは
リング争奪練習用なのか！

21 名前：名無しさん

なんじゃね？

22 名前：名無しさん

すげー邪魔だと思ってたｗ

23 名前：名無しさん

乱入無しにチェックいれとけばこないよ。

24 名前：名無しさん

ぶ、知らんかった。
次回からチェックいれて闘技場で遊ぶｗ
ありがとう >>23

25 名前：名無しさん

話をもどそうｗ
闘技大会、プレイヤーより強い住人も普通に参加してるから
プレイヤーが勝てるかあやしいでファイナルアンサー？

26 名前：名無しさん

うん、ファイナルアンサー。
だって普段の闘技場で俺が手も足も出ねぇ、
住人のおっさんも普通に参加してるもん。
無理。

27 名前：名無しさん
職別個人、優勝剣士系とシーフ系は住人だっけ？
イベントではあるけど
プレイヤーのイベントじゃないのか。

28 名前：名無しさん
この世界のイベント、ってことかね。
出場しない住人も盛り上がりすごいもん。
ついでに賭けする宿六なんとかしてという依頼までくる始末。

29 名前：名無しさん
隠れた最強住人とかでてきそうね。

30 名前：名無しさん
ぜひパトカが欲しいwww

31 名前：名無しさん
プレイヤーの有望株は。
やっぱり初討伐アナウンスに流れるメンツになっちゃうのかな？

32 名前：名無しさん
アキラ君とあと名前出してない人は？

33 名前：名無しさん
アキラはなんか個人戦じゃなくて総合団体にエントリーしてる

34 名前：名無しさん
あの騎士いなくても強いの？　NPC騎士も参戦できるのかな？

35 名前：名無しさん
さあ？　一緒になったことあるけど大技好きで
ボスに自分でトドメさせなくてスゲー当り散らされたことある。
プレイヤーも含めて他人は全部 NPC 扱いで組みたくない。

36 名前：名無しさん
うへぇ。

37 名前：名無しさん
総合は
団体→【烈火】or【クロノス】
個人→【黄金の鳥】アルマ
団体に出てると個人に出られないの残念。

38 名前：名無しさん
両方出られるなら職総合個人もロイか炎王か
ギルヴァイツアかな。

39 名前：名無しさん
クロノスは強いんだけど地味だよね。
危なげないけど面白みがたらんw

40 名前：名無しさん
【クロノス】vs【烈火】なら
クロノスの方が強い気がする。

41 名前：名無しさん
ここで
レンガードさんが総合団体にソロで。
参加エントリーwww

42 名前：名無しさん
待てｗ
錬金術士じゃねーのかよｗｗｗ

43 名前：名無しさん
本当だｗ
何をしてるのレンガードさん。
いいから転移石の販売量増やしてｗ

44 名前：名無しさん
やっぱり魔法使いなの？
生産者別？

45 名前：名無しさん
なんで個人総合じゃないんだｗｗ

――以下続く

【闘技大会】part３【実況】

――略――

520 名前：名無しさん
【レンガード】vs【カリビアン】
始まる。

521 名前：名無しさん
おお。
レンガードって結局どんなんだろうな。

522 名前：名無しさん
うを！
浮いてる!!

523 名前：名無しさん
え
対戦字幕ある時点で浮いてる?!

524 名前：名無しさん
魔法もアイテムもまだ使えないよな、常時発動スキル？
杖が３本浮いてるのも気になる。

525 名前：名無しさん
コートいいなあ。
あの装備どっかでとれ……あ？

526 名前：名無しさん
なんか神々しい。
ちょっ！

527 名前：名無しさん
瞬殺。

528 名前：名無しさん
瞬殺。

529 名前：名無しさん
おいおい。

530 名前：名無しさん
雷落とした。

531 名前：名無しさん
その前に麻痺ってたように見えたけど。

532 名前：名無しさん
何があった。

533 名前：名無しさん
浮いてる。
装備見てた。
雷落ちた。
勝ってた。

何があったかわからない。

534 名前：名無しさん
誰か解説プリーズ！

535 名前：名無しさん
レンガードが
常時発動スキルか装備効果で浮いて登場
装備がカッコいい
やたら神々しい
相手が謎の麻痺
雷魔法使用
一撃粉砕
勝利

536 名前：名無しさん

>>535
解説になってない。
登場三分もないのに。
何この謎。

537 名前：名無しさん

雷はクエストコンプで貰える正規版？

538 名前：名無しさん

かな？
俺は金払えなくってあれ一冊しかもらえなかった。

539 名前：名無しさん

>>538
なかーま！

540 名前：名無しさん

一冊でもほかの魔法くらいには強いよね。
あれの完全版なのか～。

541 名前：名無しさん

>>540
たぶん。

542 名前：名無しさん

雷正規版もらえた人いるの？
あの偏屈ジジイくれる気ないじゃん！

レンガードさんINTも高そうね……。

543 名前：名無しさん
あの装備欲しい欲しい欲しい。

544 名前：名無しさん
いいよな、あのデザイン。
ローブじゃなくってコートっぽい。
小手とブーツもカッコイイ。
欲しい。

545 名前：名無しさん
麻痺はなんでついたんだ？　魔法？
聖法使いもレジストできないレベルってどんなだよ。

546 名前：名無しさん
範囲にすると効果弱まるはずだしね。

547 名前：名無しさん
え。
待って。
ありなの？　なんなの？

548 名前：名無しさん
わからんw
あっという間に終わりすぎて
わからんw

549 名前：名無しさん
これはレンガードに賭けるべき？

550 名前：名無しさん
「さん」をつけろ！
俺はもう賭けたｗ

551 名前：名無しさん
「殿」をつけろ！
オレも賭けたｗｗ

552 名前：名無しさん
「様」をつけろ！
すでにオッズが下がりまくり、初戦前に賭けてたオレ、
勝ち組！！！
……もっと高額賭けとけばよかった。

――以下続く

【闘技大会】part７【実況】

――略――

749 名前：名無しさん
アキラくん負けてるんですけどｗ

750 名前：名無しさん
ああ、すごい隙だらけだったな。
お供の盾と回復がうまいから普段はなんとかなってんだろ。

751 名前：名無しさん
攻略組でも弱いてかヘタなのもいるってことか。

住人のお供に左右されるってやだなあ。

752 名前：名無しさん
【クロノス】と【烈火】は普通に勝ったな。

753 名前：名無しさん
個人戦場外に自分から飛んでったヤツがww

754 名前：名無しさん
カナンたんに踏まれたい。でないのカナンたん。

755 名前：名無しさん
変態が湧いた。

756 名前：名無しさん
団体第二試合始まる。
【レンガード】vs【白銀の騎士】は二十九ブロック一試合目ですw

757 名前：名無しさん
案内ありがとうw
何されてるか見なきゃ。

758 名前：名無しさん
>>756
ありあり。
今度こそ見なきゃ。

759 名前：名無しさん
見てもわかるとは限らない。一回目まるでわからなかった。
始まる。

760 名前：名無しさん
浮いてるなあ。杖三本と本人が。
優雅優雅。

761 名前：名無しさん
>>760
杖三本は【武器保持】っていう複数装備可能にするスキル
じゃないかって。
ただ装備はできるけどMPとEPが絶対的に
足らないので【Wスキル】【二刀流】とか
のほうが使い勝手いいって。

762 名前：名無しさん
へー。

763 名前：名無しさん
始まるぞ。
ってあああああああああああああああ。

764 名前：名無しさん
いきなり混乱!?
無詠唱って!?
うをう！
氷！　一面！

765 名前：名無しさん
ちょっw
スケートリンク！

766 名前：名無しさん
白銀の騎士は銀盤の騎士になったのだ。

今回状態異常が聖法使いにかかってないね。
ちょっと安心したww

767 名前：名無しさん
混乱したまま滑って行くwww
いや、『混乱』は回復したのか。でも混乱しているwwwww

768 名前：名無しさん
むしろオレたちが混乱しているw
何をやったのレンガードさん？

769 名前：名無しさん
さあ？

770 名前：名無しさん
戦った俺らもわかんなかった。

771 名前：名無しさん
お？

772 名前：名無しさん
お？

773 名前：名無しさん
【パイレーツ】のメンバー？

774 名前：名無しさん
そそ、
じゃねーよ！
【カリビアン】！！！！

なんかトスって軽い衝撃きて。
いきなり麻痺して瞬殺された。

775 名前：名無しさん
トスっ。

776 名前：名無しさん
トスっ。

777 名前：名無しさん
当事者だけど。
レンガード無言だし。
ノーモーションだし。
何されたかわかんねーよ。

ちなみに装備のせいかもだが、かっこよかったですレンガード。

778 名前：名無しさん
なかなかヒドイ。
あの装備いいよね。

779 名前：名無しさん
うお！
氷像！

780 名前：名無しさん

氷の花きれい!!
でも間抜けな氷像。

781 名前：名無しさん

ヒドイ。
でも今回なんか喋ってた？

782 名前：名無しさん

なんか喋ってたっぽいね。スキル名かな？

783 名前：名無しさん

てか、瞬殺なのね。

784 名前：名無しさん

うん、また瞬殺。

785 名前：名無しさん

そしてまた開幕の状態異常がなんなのかわからないまま、
さらに氷原の謎が増えた。
てか、複合と上位魔法幾つ持ってるの。

786 名前：名無しさん

麻痺 or 混乱させて、足元奪って
その後瞬殺。
最初から瞬殺じゃダメなの？

787 名前：名無しさん

ドS。

788 名前：名無しさん
ドＳ様。

789 名前：名無しさん
ファイナのダンジョンで湿地あるけど
水魔法効果上がるからそれでじゃない？
氷原＋氷

790 名前：名無しさん
魔法だけでどう見ても瞬殺威力。
理由があろうがなかろうが、どっちにしてもドＳ。

791 名前：名無しさん
その順番で攻撃してくるNPC？
でも順番わかっても対策どうしたらいいのこれ？

——以下続く

【闘技大会】part12【実況】

——略——

266 名前：名無しさん
闘技大会でプレイヤーが負ける件

267 名前：名無しさん
闘技大会通いつめてたり
ずっと冒険者やってる住人でてるのに
ポッと出の異邦人が勝ちまくるのもどうかと。

268 名前：名無しさん
そういえば住人ってNPCって言っても
『住人』って聞こえてるらしいな？

269 名前：名無しさん
住人って聞こえてるらしいけど
あんま言ってると好感度下がるぞ、NPC。

270 名前：名無しさん
まじか。

271 名前：名無しさん
うん。
住人にお前は仮想の人格を与えられたAIだ、
運営の気まぐれで消されるんだとか何だとか
しつこく言ってたヤツもいたな。
隔離されとったが。

272 名前：名無しさん
隔離。

273 名前：名無しさん
>>272
頭がおかしい妄想に取り付かれてるって神殿で隔離。

274 名前：名無しさん
あれだ、オレも
「この世界は超知的生命体が授業の一環でつくった
擬似宇宙で、知的生命体の授業が終わったら全部消される！」
とか言われても三日で忘れる。

275 名前：名無しさん

ああ、
そんな扱いなのね。

276 名前：名無しさん

雑談か住人交流板でやれ。

277 名前：名無しさん

同系統の職同士もいいけど
剣と拳も燃えるな。

278 名前：名無しさん

職別はなんかリング争奪戦が何戦か交じってて
あれはあれでおもろい。

279 名前：名無しさん

ホルスとバベル？

280 名前：名無しさん

カナンも盾とやってたな。

281 名前：名無しさん

リングかかってるってわかんの？
>>278

282 名前：名無しさん

>>281
わかるよ、
最初のコールの名前の前になんか称号ついてる。

283 名前：名無しさん
毒忍者プレイひでぇｗ

284 名前：名無しさん
強毒つけて放置か。

285 名前：名無しさん
闘技場だと毒耐性必須かな。
速さの方はそれだけあげるってのもアレだし。

286 名前：名無しさん
レンガードのこと考えると
あらゆる耐性が必要かもしれない。

287 名前：名無しさん
スキルポイント足んねーよ！！！

288 名前：名無しさん
耐性系とか付与系はごくごく稀に王都とかの店にスキル石
でてるよ。
クッソ高いけど。

289 名前：名無しさん
鑑定系も見かけた。
あからさまに種類がむちゃくちゃある系統のスキルは
スキル石としてでてるっぽい？

290 名前：名無しさん
ここのカジノの景品にも、スキル石とか進化系の石とかあるぞ。
クッソ高いけど。

291 名前：名無しさん
おお。
ベタだけど【鳳凰火炎拳】。
かっこよくっていいなあ。

292 名前：名無しさん
HP極小からの逆転は燃える！
すり抜けコンボ切らさず合わせるの大変なんだよなあ。

293 名前：名無しさん
あのわらび餅みたいな武器は何だ？

294 名前：名無しさん
>>293
わらび餅。
赤いからレアのファイア・ポリプのグローブかな？
ウォータ・ポリプのレア種。

295 名前：名無しさん
うおおおおっ！
ロイかっこいい!!

296 名前：名無しさん
おっとクロノスか。
カエデ、モミジの連携もエグいよなw

297 名前：名無しさん
奇をてらわないというか基本に忠実というか、堅実だよなあ。
見習いたいパーティー戦。

298 名前：名無しさん
烈火んとこも個人プレイ派手目でちょっと力押しだけど
やっぱり遠距職守りながら結構基本形だよな。

299 名前：名無しさん
【黒百合姫】のところはこう特殊だね。
みんな黒百合の引き立て役？
回復役まで黒百合（魔法使い）の盾になるってどうよ。

300 名前：名無しさん
まあ、クラン名の通りの集団だからなあ。
何が楽しいのか知らんが。

301 名前：名無しさん
クランの中でやってる分には好きにしろなんだが、
アライアンスで装備譲れとか対話くるのが嫌だｗ

302 名前：名無しさん
黒百合から？

303 名前：名無しさん
黒百合の取り巻き従者から波状攻撃ｗ
すごいしつこい。

304 名前：名無しさん
うへぇ。
まるっとかかわりたくねぇ。
クラン内で完結しててくれ。
嫌すぎる！

305 名前：名無しさん
名前だすなら晒し板いけよ。

306 名前：名無しさん
はいゴメンナサイ。

307 名前：名無しさん
ああ、今回もレンガードさんは
容赦なしだった。

308 名前：名無しさん
あれどうやったら勝てるの？
てかイベントキャラとかなの？

309 名前：名無しさん
闘技大会の終わりに
レンガードイベント始まったりしてw

310 名前：名無しさん
優勝賞品にレンガードのパトカが入ってたりしてw

311 名前：名無しさん
欲しい。

312 名前：名無しさん
欲しいww

313 名前：名無しさん
冒険も消耗品調達も捗る。
欲しいwww

314 名前：名無しさん
お供に連れて歩くだけでもかっこいいしなあ。
あの装備神々しい。

315 名前：名無しさん
装備剥ぎたいｗ

316 名前：名無しさん
装備欲しい。

317 名前：名無しさん
装備脱がせたい。

318 名前：名無しさん
>>317
一気に変態っぽく。
パトカも装備もほしいな。

――以下続く

【闘技大会】part13【実況】

――略――

421 名前：名無しさん
マグマの海に沈んだお試し参加さんたちは元気だろうか。

422 名前：名無しさん
呼んだ？

423 名前：名無しさん
www
おつかれ。

424 名前：名無しさん
最初の登場シーンとぶれぶれなアップならあるけど。
レンガードさんのスクショいる？

425 名前：名無しさん
いるいる。

426 名前：名無しさん
下さい、お願いします。

427 名前：名無しさん
よし！
マグマの中もつけとくね！

——以下続く

【闘技大会】part14【実況】

——略——

128 名前：名無しさん
【レンガード】vs【アマテラス】

は　じ　ま　る　よ　～。

129 名前：名無しさん
きたw

130 名前：名無しさん
おっと、今度は水浸し。
最初に使った雷でコンボかな？

131 名前：名無しさん
水っていうとそう……。
ノーダメージ!?

132 名前：名無しさん
ファイアニードル無効化？　え？　これ減ってる？？？
うは、一撃。

133 名前：名無しさん
減ってない！！！　10本分食らってノーダメ!!
てかそのまま無視して攻撃かよ！！！！

134 名前：名無しさん
ひでぇw

135 名前：名無しさん
どうすんのこれ。どうにかなるの？

136 名前：名無しさん
一応、ダメージ上がるように
事前準備入れるってことは普通なら耐えられる？
でもどう見てもオーバーキルだよなあ。

137 名前：名無しさん
ドS様が完膚なきまでに倒しにきてる感じが……。

138 名前：名無しさん
こっちの魔法は無効だわ。
一撃死させる威力の魔法使ってくるわ。
対策どうしたらいいのこれ。

139 名前：名無しさん
魔法、魔法を封じれば！
近接に持ち込めば！！！！

140 名前：名無しさん
なんか、慣れてきたオレがいる。
いっそ瞬殺が清々しい。

141 名前：名無しさん
>>140
正気に戻れ！

142 名前：名無しさん
レンガードさんはこんなキャラだと思って。
いろいろスルーする方が楽よ？

143 名前：名無しさん
てか、水たまり＋雷だろ。
予想がついたわwww からの魔法でノーダメ。

誰かなんとかしろ。

144 名前：名無しさん
誰かってもうクロノスか烈火しかいないわけですが。
あと、シードパーティー。

145 名前：名無しさん
雑貨屋さん♪　だと思ってたのに。

146 名前：名無しさん
雑貨屋さん最強伝説。

147 名前：名無しさん
レンガードの本職は魔法使いでファイナルアンサー？

148 名前：名無しさん
たぶん？　普段は雑貨屋の最凶魔法使い。

149 名前：名無しさん
使ってるの【風水】かなあ。でも規模が違うんだよなあ。

150 名前：名無しさん
私の知ってる【風水】と違う。

151 名前：名無しさん
オレの知ってる【風水】とも違う。

152 名前：名無しさん
黒の暗殺者がまたえげつない。
って思ってたら相手の重戦士バルム。

自　　爆　　し　　た。

153 名前：名無しさん
自爆スキルなんかあるのかww
HPゲージ見えないけど、まだ立ってるみたいだから
HP1とか残るのかね？

154 名前：名無しさん
なかなかひどいスキル。
でも範囲技とはいえ闘技場いっぱいに
エフェクトかかってなかったから
予備知識あるスピード型とか遠距離職には避けられそうだな次回。

155 名前：名無しさん
避けられたらHP1じゃアウトだな。

156 名前：名無しさん
クロノスVS烈火はじまったぜ。
すごく安心して見られるパーティー戦だ。

157 名前：名無しさん
すごい安心して勝敗にハラハラできる。
【木魔法】の『冬虫夏草』きもいなあ。

158 名前：名無しさん
>>157
変だけど私も安心して勝敗に気を揉めるよ。

159 名前：名無しさん
レンガードさんの後遺症ががが。

160 名前：名無しさん
ハルナどんな顔してんのかな。

161 名前：名無しさん
赤髪は確定だろうけど見たことないなあ。

162 名前：名無しさん
ロイ vs 炎王になってるなｗ
パーティー戦なのに盾無しきつそうｗ

163 名前：名無しさん
暁が捌いてるのとシラユリがもたせてるのはサスガ。

164 名前：名無しさん
えーと、シーフ系はモミジの方だっけ？
ギルヴァイツアが攻めあぐねてるなあ。
いいとこでカエデの牽制が入る。

165 名前：名無しさん
あの双子連携すごいよな。
声かけなし・ノールックで連携。

166 名前：名無しさん
【黒百合姫】のほうは相変わらずだなあ。

167 名前：名無しさん
黒百合が気持ち良く魔法ぶっ放せるように
守りに特化してるというか……。黒百合も回復配るし。
攻撃力はそこそこだけど崩すの面倒なパーティーね。

168 名前：名無しさん
クランメンツ増えてるからメンツ入れかえて攻撃力ある
パーティー構成もできるらしいよ。

169 名前：名無しさん
装備もいい装備着てるしなあ。
あんまり上手いようにみえないんだが。

170 名前：名無しさん
なんかクランの下部（？）構成員から上納させて
黒百合のお気に入りに【黄金の槌】のウェンスんとこで
揃えたお高い制服（笑）着せてるみたい。

171 名前：名無しさん
攻略組ではあるけど、装備ゴリ押しだから、
誰か行ったところに対応した装備と職整えて占拠、じゃない、
攻略ってかんじだね。

172 名前：名無しさん
クロノスと当たっても烈火と当たっても
レンガードさん（　）と当たっても
次で負けるだろwww

173 名前：名無しさん
装備はともかく人海戦術使えないしなｗ

174 名前：名無しさん
おお、烈火が勝った！

175 名前：名無しさん

ギルヴァイツア自己犠牲か。

痛そうww

176 名前：名無しさん

動揺しないでハルナが確実に屠ってる。

177 名前：名無しさん

さっきの自爆の重騎士戦とかみてたんかね。

178 名前：名無しさん

炎王が説教くらってるwwww

笑うw

179 名前：名無しさん

【黒百合姫】も勝った。

180 名前：名無しさん

そっちはどうでもいいw

181 名前：名無しさん

準決勝の組み合わせどうなんだろ。

レンガードさん次回も瞬殺かな。

——以下続く

【闘技大会】part15【実況】

——略——

609 名前：名無しさん

やべえ。
レンガードの試合と烈火の試合どっち見よう。

610 名前：名無しさん

レンガードの試合見てから烈火で間に合うだろwwww
どうせいつもの瞬殺だろうしww

611 名前：名無しさん

いやいや。
バベルとホルスってリング持ちだろ？
さすがに。
……さすがに瞬殺じゃないよね？

612 名前：名無しさん

ホルスは魔法耐性ありそうだしなあ。
バベルも男んときは大剣で力に傾いてたけど、
女になったら刀剣になって速さ重視だし、近接に持ち込めれば！

でもレンガードさん理解不能だしなあ。

613 名前：名無しさん

【剣帝・賢帝レンガード】vs
【剣帝の騎士バベル＆賢帝の騎士ホルス】

剣帝、賢帝？

614 名前：名無しさん
はい？

615 名前：名無しさん
え？

616 名前：名無しさん
賢帝はまあわかる。
剣ってなんだ剣って！！！

617 名前：名無しさん
レンガードがドラゴンリング持ちなの？

618 名前：名無しさん
え？
欲しければ闘技場で俺を倒せみたいなあれなのこれ？

619 名前：名無しさん
いや、まってまって。
魔法はわかるよ、魔法は！　あれだけ無茶苦茶なんだし！
剣ってなんだ剣って！

620 名前：名無しさん
試合が始まる前から混乱させてくるレンガード、恐ろしい子。

621 名前：名無しさん
うを！
久々にエロ２人組にもどたあああああああ。

622 名前：名無しさん
どういう戦略だよ！
色仕掛けかよ！

623 名前：名無しさん
ストリップ！
でも間合い詰めるのは悪くない。

624 名前：名無しさん
ん？
暗い。

625 名前：名無しさん
真っ暗。

626 名前：名無しさん
なんだ？

627 名前：名無しさん
うわっ！

628 名前：名無しさん
何!?　なんだ？
何の声？

629 名前：名無しさん
イベント?!
客席震えてる!!

630 名前：名無しさん
ちょ、なんだかわかんないけど近い近い。

631 名前：名無しさん
何かが吼えてる!!

632 名前：名無しさん
光の柱が立ったあああああああああ!!

633 名前：名無しさん
眩しい。
あれかレンガードさんの新技か。

634 名前：名無しさん
なんか喚んだの？

635 名前：名無しさん
わからんけどステージ見えない。
光が上から降り注いでる？

636 名前：名無しさん
これステージ隔離されてなかったら
闘技場ごとやべーんじゃねーの？
てか隔離されてるはずなのに揺れてるんですけど。

637 名前：名無しさん
これいつ止まるんだ？
なんだろうこの攻撃
コワいんですけど!?

638 名前：名無しさん
やべー。

やべー。

639 名前：名無しさん
レンガードやばすぎる。
勝てる気がしない。

640 名前：名無しさん
何考えてこんなキャラつくったんだ。

641 名前：名無しさん
一応闘技場最強キャラとして君臨中なんでは……。
プレイヤーのレベル上げ待ち？

642 名前：名無しさん
上がったら勝てるのか……。

643 名前：名無しさん
どこまで上げればいいのこれ。

644 名前：名無しさん
お。
止まった。
って、なんか降ってキターーーーッ。

645 名前：名無しさん
真っ黒い空が降ってきた。
空ごと降ってきた。

646 名前：名無しさん
隕石？
うわ、空、雲すげえ。

647 名前：名無しさん
渦巻いてる！
やべえええええ。

648 名前：名無しさん
下も見ろ！　穴！　穴！！！！

649 名前：名無しさん
下も上もひどいwww

レンガードが無事なのはともかくなんだあの格好、禍々しいww
さっき降ってきたのが消えたら変身してた。

650 名前：名無しさん
邪神、邪神だったとか？

651 名前：名無しさん
空から邪神が降ってくる。そして地面に穴が開く。

652 名前：名無しさん
血　ま　み　れ。

653 名前：名無しさん
さっきまでの神々しい雰囲気から
一転、すごく邪神様です。

654 名前：名無しさん
瞬殺じゃなかったね。

655 名前：名無しさん
>>654
そこなの？
単に光の柱が長かっただけで
あの中で瞬殺されてたと思うよ……？

656 名前：名無しさん
真っ黒いのあれドラゴンだって。

657 名前：名無しさん
ドラゴン？
かけらも見えませんでしたが。
>>656

658 名前：名無しさん
闘技大会、混んでて島にくんのも諦めた
友人からスクリーンショット届いた。

すんげー島よりでかい黒ドラゴンだそうだ。
近すぎてここからじゃ見えないオチ。
慌ててたのかもだけどはみ出てて全体像とれてない。
ナヴァイの首都の方すごい騒ぎになってるらしい。

659 名前：名無しさん
何を飼ってるのレンガードさん……。

660 名前：名無しさん
国家転覆レベルなのレンガードさん……。

661 名前：名無しさん
のちのちコレに勝たなきゃいけないの俺たち……。

662 名前：名無しさん
いや、白い方で味方になるとか。
実は白と黒で二重人格とか。
んで、黒い方は敵。

663 名前：名無しさん
ああ……。
好感度で最終的に敵か味方か変わって、戦うかどうか決まるのか。

664 名前：名無しさん
好感度上げとくと黒い方と戦ってる最中
ギリギリで白い方が表に出てきて動きを止めて、
「かまわず剣を振るえ！」
って言ってるとこまで見えた。

665 名前：名無しさん
何それ萌える。

666 名前：名無しさん
ベタだけど燃える。

667 名前：名無しさん
そんで普段は雑貨屋で白い方でほんわりしてるのか。
なんか獣人二人が忙しそうにしてると

奥から心配そうに覗いては従業員の男に引っ込められてるよねｗ

668 名前：名無しさん
レンガードさんwww

669 名前：名無しさん
闘技大会スレじゃなくなってきた。
でもこの状態で烈火と黒百合姫の試合実況も無理だなｗ
さっきのインパクトが強すぎる。
って、あれステージ戻ってる。
ここはゲームらしく自動修復機能ついてるのか。

670 名前：名無しさん
別スレ立ててくる！

671 名前：名無しさん
>>670
おお、よろしく。

672 名前：名無しさん
>>670
よろしく。とうとう専用スレがｗ

673 名前：名無しさん
>>670 題名は
【レンガード観察記】とか？
【今日のレンガードさん】とか？

674 名前：名無しさん
烈火が黒百合姫確実に屠ってってる。

この準決勝中で闘技大会スレなのに
戦闘実況がされないというこの状態w

675 名前：名無しさん
プレイヤー同士のPVP大会だと思っていた時期が
俺にもありました。

676 名前：名無しさん
住人出てる時点で違ったよな。
レンガード様出て完全に何か違うと思った。
対戦決まったら死亡確定ってひどいwww

677 名前：名無しさん
優勝候補が初期で当たったらどうしてくれんだこれ。

678 名前：名無しさん
天災だと思って諦めてwww

679 名前：名無しさん
え、レンガード剣使うのか？

680 名前：名無しさん
>>679
わかんないけど称号的には使いそう？

681 名前：名無しさん
マジか、やっべー。

682 名前：名無しさん
レンガードやばいよね。

あと情報が一試合分遅いww
>>679

683 名前：名無しさん
じゃなくって烈火に魔法反射すすめちまった。

684 名前：名無しさん
いいんじゃね？
魔法で瞬殺されるよりチャレンジしてみれば。

685 名前：名無しさん
魔法反射なんてあんの？

686 名前：名無しさん
魔法ってか
迷宮の三美姫のオークからスキルの強反射アイテムがレアででる。

687 名前：名無しさん
>>686
三匹か？　なぜその変換？
烈火の誰かにレンガードが剣持ってるって
連絡できんなら連絡しといたら？
自分の試合で観られてないでしょ。

688 名前：名無しさん
おうよ！　そうする！

――以下略

【闘技大会】part17【実況】

——略——

104 名前：名無しさん
三位がバベル＆ホルスっていうね。
その三位を瞬殺なレンガードさんていうね。

105 名前：名無しさん
個人戦決勝は見応えあったけど、
ギルヴァイツアとか炎王が出てないと思うと
なんか腑に落ちない感が。
あ、レンガードさんはノーカンで。あっちまで出ると困る。

106 名前：名無しさん
決勝、音聞けるのいいよな。

107 名前：名無しさん
うん、でもこれ
レンガードさんのスキル余波くらったりしないのか？

108 名前：名無しさん
さっき目立たないようにしてたけど
闘技場の人が一生懸命結界強化してたよ。
半泣きでw
焼け石に水という言葉を贈りたいw

109 名前：名無しさん
ダメじゃんw
俺らはいいけど、住民の皆さんがやばいw

110 名前：名無しさん

おお、
決勝始まる。

111 名前：名無しさん

うを〜。
第一試合前からレンガードに賭けた払戻金額がすげえええええ。

112 名前：名無しさん

ソロで勝つとはおもってなかったもんなあ。
って、まだよ？　優勝した時の話だからね？
確実だろうけどwww 烈火が奇跡を起こすかもしれないw
待つのだwww

113 名前：名無しさん

あ、レンガードと烈火でてきた。
レンガード側になんかバベルとホルスがいる。

って、黒いwww

114 名前：名無しさん

おお
広がるとマントが翼みたい。
かっけー！
なお、血は止まっている模様。

115 名前：名無しさん

階段を使わず飛ぶレンガードさん。
浮遊が常時なのかね？
優雅www

116 名前：名無しさん
こうしてみると黒い鎧もかっこいいね。
なんか影になってるところ時々青白く光るし。
さっきの血まみれはやばかったけどww

117 名前：名無しさん
魔法使いが鎧装備できるのかという疑問が。

118 名前：名無しさん
全身黒いけどフルプレートではない模様？
太ももとかは革??
なんの金属使ってるんだろ？

119 名前：名無しさん
硬そうに見えるけど、体が動くと合わせて形変わってる
からきっと革だね。
金属部分とトータルコーデなのかな？
この装備も欲しいなあ。

120 名前：名無しさん
レンガードさん魔法使い改め
魔法剣士説。

121 名前：名無しさん
あれだけ魔法使って剣士……。今現在剣持ってるけど！
てか、烈火のメンツがなんか全員鍋もってんすけどwwww

122 名前：名無しさん
『反射強結界』ついてんだよ。

123 名前：名無しさん

ああ、前スレで言ってた。
>>122
前スレの人？
てか、ロイさん？

124 名前：名無しさん

そそ。
あたり。
三匹のオークから出るレアなんだが
クランハウス素材集めのために周回して人数分あったから
レンガードと当たる烈火に譲ったんだよ。
完全に魔法使いだと思ってた。

125 名前：名無しさん

おお、五位おめでと～。
>>124
クランハウスもさっそく計画してるのか～。
さすが早いなあ。

126 名前：名無しさん

>>124
おめー！
NPCぬいて、実質三位な気がするけど。

127 名前：名無しさん

>>124
おめおめ！！！
黒百合のとこよりも強いと思うし、二位？　クジ運が！

128 名前：名無しさん
ありがとさん！
おっと鍋発動した。

129 名前：名無しさん
シュール。

130 名前：名無しさん
ひどい光景なんだがwwwwww
鍋が腹に固定ってか、浮いてる？

131 名前：名無しさん
レンガードさん動かないね。
珍しい。

132 名前：名無しさん
烈火の鍋展開。
正面からのスクリーンショット欲しいww
>>131
レンガードもスクリーンショットとってたりしてww
鍋のwww

133 名前：名無しさん
私はレンガード様のスクリーンショットが欲しい。
特にさっきのステージに上がる時のマント広がってるとこ。

134 名前：名無しさん
珍しく先手取られてる。
クルルの速射すげえなぁって言おうとしたら
剣w

135 名前：名無しさん
剣きたあああああああ。
あのスピードの矢キッとばしてるし!!

136 名前：名無しさん
浮いた杖二本に右手に剣か。
刀剣だね。
てか速えぇぇぇぇえええええ！！！

137 名前：名無しさん
魔法剣士でこれはない。開始十秒でコレト沈んだ。
首がwwww
怖えええええええええええええッ!!

138 名前：名無しさん
やべえ、スキル無しで強えぇ。
てか、速ぇえ。

139 名前：名無しさん
ここで皮一枚残す介錯の作法？
どっかについた血じゃなく、噴き出した血は光の粒にすぐ
変わるからほんのちょっとだけスプラッター緩和されるけど
首ごと飛んでたらやばかった。

140 名前：名無しさん
これはひどい。
烈火は多分、開幕クルルの弓で牽制。
ハルナの魔法で削るつもりだったんじゃね？

141 名前：名無しさん
ああ、なんか詠唱してたね。
ギルさん、この状態で一応当ててる？　のすげえ。
って盾のHPでも一撃かよ！

142 名前：名無しさん
確か聖法使いのコレトが極振り。
魔法使いのハルナは途中転職で盾とってるけど
ステータスの２ＰはINTにしか振ってない。
盾の大地も極振りに近い代わりに
ギルヴァイツアがAGIかなり高い。
他の二人も高め。
で、大地は盾で極振りに近いのに一撃っていうね。
レンガードさんんんんんステータスどうなってるのおおお!?

143 名前：名無しさん
あんな鎧の境目なんかよく狙えるなあ。

144 名前：名無しさん
溶岩きたwwww地獄絵図なんだがwww

145 名前：名無しさん
>>142
なんでそんなに詳しいんだw

146 名前：名無しさん
>>145
初期の頃はまだ鑑定出来たんだよ。
俺、生産職で鑑定真面目にあげてたから。
見る限り路線かえてねーみたいだし、極振りのままだとおもう。

147 名前：名無しさん
うわ、またスピード上がった？
どんな速さなんだよ！
魔法剣士じゃねぇのかよ!!

148 名前：名無しさん
ちょっ、っちょ！
悲鳴あげてる間に二人首刎ねられてるんですけど！

149 名前：名無しさん
ハルナ狙いと見せかけて
結果守ろうと寄ってきたのを全部返り討ちという。
ハルナ餌だったの？

150 名前：名無しさん
餌だったんだろうなあ。
魔法撃つ暇も位置取りもさせてもらえない挙句。
自分守るため盾使ってたら他が死ぬっていうね。

151 名前：名無しさん
ひどいwww
残ったのが遠距離職二人ってのもひどいw

152 名前：名無しさん
確実に勝ちに行ってる。

153 名前：名無しさん
レンガードさん邪神モードは
首刈りモード。

154 名前：名無しさん
スキル使えたら派手なの見せてくれたのかな……。

155 名前：名無しさん
ああ、あんまりサクサク行くんで
忘れてたけどスキル使用封じられてるんだっけ。

156 名前：名無しさん
ああああ。
結局全部首チョンパして終了した。

157 名前：名無しさん
スキル封じると首刈りモードになるレンガードさん。
怖ええよ！！！！！！！

158 名前：名無しさん
スキルというかやっぱり黒い方は
邪神様なんじゃあ。

159 名前：名無しさん
手がつけられない。
無言だしホラー以外のなにものでもない。

160 名前：名無しさん
ホラーなんだけど、鍋なんだよなあああああ。

161 名前：名無しさん
倒れてるのも悲鳴あげてるのも鍋。
てか、最初に倒されたコレトが帰還しちゃう前に終了したな。

162 名前：名無しさん
ギルヴァイツアは自分で帰還？

163 名前：名無しさん
>>162
溶岩の中じゃ、試合も何も見えないから帰還したんじゃ？

164 名前：名無しさん
ホラーだったけど
シュールだった。

165 名前：名無しさん
負けでいいからレンガードと当たって
白と黒のスクリーンショット撮りたいwwww

――以下略

【闘技大会】part19【実況】

――略――

294 名前：名無しさん
称号。
なんか効果あるのか？
あ、ないわ。名前だけだな。

295 名前：名無しさん
おお、あだ名つけられんのか。

296 名前：名無しさん

>>295

二つ名って言おうぜ？

レンガード【邪神】【死神】【当たったら死ぬ】

297 名前：名無しさん

>>296

そういいつつあだ名レベルをつけるｗ

レンガードに【黒竜暴虐】

赤毛の獣人名前なんだっけ、【場外ホームラン】

298 名前：名無しさん

レンガード【ラスボス】

>>297

レオ

>>296 【当たったら死ぬ】ってフグかよ！

299 名前：名無しさん

レンガードに【天災の魔王】

炎王に【炎の剣士】

大地に【堅実なる盾】

忍者プレイヤーに【毒使い】

300 名前：名無しさん

炎王たちに【鍋】

301 名前：名無しさん

鍋だけなのかよｗｗｗ

炎王【鍋奉行】

他メンバー【鍋】

302 名前：名無しさん
炎王たち鍋待ったなしww
レンガード様に【黒竜の主】【ブラッディベルセルク】
ロイ【剣の盾】

303 名前：名無しさん
レンガードさんはレンガードさん【レンガード】

304 名前：名無しさん
【首刈り仮面】
>>303
新しいw

305 名前：名無しさん
レンガード【バグキャラ】
烈火【鍋戦隊】
>>304
誰の称号か書き忘れてる、わかるけどwww

306 名前：名無しさん
レンガード【白き善神】と【黒き邪神】
てかこれ競技中に欲しかったなあ。
上位者とフレしか覚えてねーよ！

307 名前：名無しさん
レンガードさん【雑貨屋さん最強】
炎王【赤の剣】
ギルヴァイツアさま【赤の使い手】
大地【鉄壁】
ハルナ【演算師】

308 名前：名無しさん

レンガード【ナイトメア・リーパー】

白い方も結局瞬殺なわけだが >>306

309 名前：名無しさん

>>308

まあそうなんだけど。

装備が神々しいのと優雅に浮いてるせいで印象がだいぶ違うw

白い方の印象すごく正義っぽい。

310 名前：名無しさん

レンガード【NPC最強】【ラスボス】

>>309

その場合、悪役はオレらになるわけだが。

311 名前：名無しさん

>>310

納得するしかないww

称号の方な、悪役はいやだwww

――略――

848 名前：名無しさん

お？　グロリア姫かわい～。

849 名前：名無しさん

これはいい幼女。

850 名前：名無しさん

>>849

おまわりさんこっちです！

851 名前：名無しさん
この世界で付きまとうと本当に衛兵に連れてかれっからな。
気をつけろよwww

852 名前：名無しさん
>>851
経験者は語る。

853 名前：名無しさん
>>852
ちげーよ！！！

854 名前：名無しさん
おお、優勝者にキスくれるんか。

855 名前：名無しさん
わーわー。
逃げて～～！
バベルとホルスに近づけるな!!　汚れる！！！！

856 名前：名無しさん
見た目だけならおいしい絵面なのに。
あの二人はやらかしてるから素直に見てられないwww
ちゅーじゃなくてよかったなwww

857 名前：名無しさん
賞品何かな？

858 名前：名無しさん
Tポイントって登録んとき言ってたぞ。
1位　1000T
2位　600T
3位　300T
パーティーは全体で6000Tで
パーティー人数で頭割、人数少ないほどポイントもらえるって。
なお住人もカウントされる模様。

859 名前：名無しさん
レンガードさん一人で6000T持ってったのか！
すげー。

860 名前：名無しさん
グロリア姫、ちんまりしてるから。
ギルヴァイツアとの対比がかわいいい〜。

861 名前：名無しさん
男はグロリアちゃんに触るなあああああああ。

862 名前：名無しさん
バベル、ホルスはいいのか。

863 名前：名無しさん
だめえええええええええええええ。

864 名前：名無しさん
お？
レンガードさん白い。呪いが解けたの？w

865 名前：名無しさん
白レン様だ。
だがしかし姫が涙目。

866 名前：名無しさん
闘技場の巨大スクリーンに涙目幼女が。
はあはあ。

867 名前：名無しさん
おまわりさーん！！！！

868 名前：名無しさん
すげー護衛騎士（？）もガチガチ。
レンガード様、腫れ物扱いwww

869 名前：名無しさん
レンガード【幼女の敵】

870 名前：名無しさん
護衛騎士が頑張っても何もできそうにない件について。
レンガード慌ててる？

871 名前：名無しさん
あ、晴れた。

872 名前：名無しさん
エンジェルフォールが。

873 名前：名無しさん
>>872

エンジェルラダーのことか？
フォールじゃどこぞの滝だぞ。

874 名前：名無しさん
無駄に神々しいよレンガードさん。

875 名前：名無しさん
うを
花のダメ押し！
相当焦ってる？

876 名前：名無しさん
対戦相手に幼女いたよな？
容赦なかった気がするんだが。

877 名前：名無しさん
異邦人の幼女は元々住人から幼女扱いうけないじゃない。
中身が違う中身が。

878 名前：名無しさん
あ、なんか渡してる。
ロリコンなのレンガード。

879 名前：名無しさん
うわー。
暗雲晴れて光芒いっぱいーの。
花が舞い〜の。
晴天になりーの。
なんかの小瓶渡し〜の。
姫が笑顔で接吻！

880 名前：名無しさん
うらやましい。

881 名前：名無しさん
>>880
どっちが？
誰が？

882 名前：名無しさん
あ、なんか烈火にも渡してるww
飴の瓶??
可愛らしいんですけどwwww

883 名前：名無しさん
ちょ、
レンガードさん。
それ男に渡すもんじゃないww
せめてハルナにまとめて渡してww

884 名前：名無しさん
欲しくて見てたんじゃないから！
炎王たちがみてたのは【風水】と
花降らしたスキルのせいだから!!

885 名前：名無しさん
>>884
いや、実は欲しかったのかもww

886 名前：名無しさん
炎王すごい顔してるwww

コレトもギルヴァイツアも微妙な顔ww
クルルは喜んでる？

887 名前：名無しさん
他二人は顔みえないの残念ww
レンガードさんも仮面のせいか無表情にみえるからシュール ww

888 名前：名無しさん
あんな倒され方した相手に
無言であんな可愛らしいもの渡されたら反応に困るわwww

889 名前：名無しさん
大画面の罪www

890 名前：名無しさん
あ、みんな観客席の歓声に応えてるのに消えた。

891 名前：名無しさん
お家帰ったの？
やっぱり転移使えるんだな〜。

892 名前：名無しさん
こう、称号にロリコンつけようとしたら
姫様の笑顔が烈火のメンツの困惑顔に持ってかれたww

893 名前：名無しさん
ロリコン疑惑からの天然疑惑。

894 名前：名無しさん
てか、最後に受賞者の姿をそれぞれ

大写しにする配慮（）だったんだろうけど
大画面ですごい顔で締めになったww
ひどいwww

895 名前：名無しさん
ひどいwww

896 名前：名無しさん
レンガードさんの罪

897 名前：名無しさん
罪深いwww

——以下続く

雑貨屋に通う者たち

WE'VE STARTED A NEW GAME.

Presented by Jaga Butter
Illustration by Enishi Shiobe

【隔離】レンガード様 part 1 【大会】

1 名前：名無しさん

闘技大会スレから隔離しました。
ここはレンガード様について語るスレです。

レンガード様データ
・ファストで【雑貨屋】という名前の雑貨屋経営
　従業員は四人、獣人の子供二人と
　成人男性とドラゴニュート
・『帰還石』『転移石』などを販売
・ファストで住人の料理屋向けの酒問屋を経営
　従業員は商業ギルドのギルド職員
・職業は魔法と刀剣を使うことから魔法剣士？
・生産者は別にいてレンガード名を使っている可能性は否定できない
・とりあえずフルパーティーを瞬殺できる
・魔法を封じると黒くなって刀剣で首を刎ねるモードに移行
・闘技場ランクは最高のSSS
・天然疑惑あり
・わけがわからない
【雑貨屋】に押しかけるなどして迷惑をかけないようにしましょう
じゃないと、石売ってもらえなくなるゾ！
黒くなってホラー体験するゾ！

——略——

346 名前：名無しさん

とうとう隔離されてるし。
スレたておつおつ。

347 名前：名無しさん
いつのまに……とうとう専用スレが。
>>1 乙

348 名前：名無しさん
レンガード。
ようやく表に出てきたと思ったら謎を振りまくだけだった。

349 名前：名無しさん
雑貨屋なのにSSS。

350 名前：名無しさん
SSSなのよ、雑貨屋なのに……。

351 名前：名無しさん
白から黒に変身したし。
あとなんか赤とか青とかいて。
錬金得意な奴もいたりして。

352 名前：名無しさん
多重人格説。

353 名前：名無しさん
しゃべらないから性格は見た目の印象オンリーなんだが。

354 名前：名無しさん
>>353
行動もでしょｗ
白 >> 優雅に浮かんでその場を動かず殲滅。
黒 >> すごいスピードで首だけ狙って殲滅。

355 名前：名無しさん
　どっちもひどいwwww　装備で印象だいぶ違うなあ。

356 名前：名無しさん
　表に出ない時の疑問
　魔法使いなのか錬金術士なのか？

　表に出てきた結果。
　魔法剣士にしては魔法強すぎ。
　魔法剣士にしては速すぎ。
　風水にしては規模がおかしい。
　ここまできたら錬金も自分でやってそう。
　チートキャラどころかラスボス疑惑発生。

357 名前：名無しさん
　ラスボスというか。
　ラスボス前にプレイヤーかばって死ぬ。
　強キャラ疑惑。

358 名前：名無しさん
　パトカが欲しいｗ

359 名前：名無しさん
　闘技場では無言だったけど。
　雑貨屋では店員さんとしゃべってるよね。

360 名前：名無しさん
　表に出てこないし人見知り？ｗ

361 名前：名無しさん
白いほうの装備欲しいな。
あのコートとローブの中間みたいな上着だけでも欲しいw

362 名前：名無しさん
私、裁縫で店出してるけど。
なんか縁の模様金属っぽいじゃない？
小手とかブーツの金属装備と揃いだし
鍛冶とって細工とかも取らないと作るの難しそうね。

363 名前：名無しさん
杖は白いの以外は普通だったよね？
今出回ってる奴の中ではよさそうだけど
普通にルビーとかだったよね？

364 名前：名無しさん
白い杖以外の二本はまだがんばれば出来そうだった。
鑑定させてくれねーかなあああ。

365 名前：名無しさん
刀剣もなんかすごそうだった。
>>363、364
じゃあその杖分まだ強くなるの？
レンガードさん。

366 名前：名無しさん
うへっ！
怖いことに気づくのやめて！

367 名前：名無しさん
やめてやめて。
ただでさえ倒せる気がしないのに。
まだ強化されるなんて！！！

368 名前：名無しさん
表彰式でウサギ娘がレンガードさんに
話しかけたそうにしてたけどなんか関係あるの？

369 名前：名無しさん
職別優勝の【聖帝】ウサギっ娘か。
でも、レンガードさん無反応だった気が。
仮面でわかんねーけどww

370 名前：名無しさん
戦ってもないし。
でも話しかけたいというかいろいろ聞きたいのは分かるww
パトカ欲しいしww

371 名前：名無しさん
烈火がもらった飴の小瓶ほしいなあ。
一個くれないかなw

372 名前：名無しさん
>>371
食品は店でうってるじゃんw

373 名前：名無しさん
手渡しの付加価値！
売り物ではないのだよ、売り物では！

374 名前：名無しさん
それは直接手渡されないと意味がないwww

375 名前：名無しさん
どんな顔してんだろうな。

376 名前：名無しさん
美形希望。

377 名前：名無しさん
なんで仮面かぶってるんだろ。

378 名前：名無しさん
仮面の下には実は火傷。

379 名前：名無しさん
>>378
ベタなw

380 名前：名無しさん
仮面の下はどっかの国の王or王子と同じ顔とかもw

381 名前：名無しさん
結局何者でクエストにどう関わってくるかはまた今度？

——略——

625 名前：名無しさん
レンガード様、あの黒いドラゴンが騎獣なのかな？

626 名前：名無しさん
ナヴァイで見えたってドラゴン。
闘技場の島よりデカイって話だよな？
あれとも戦うの、か？

627 名前：名無しさん
大丈夫だ。
きっとレンガード様の方が強い。

628 名前：名無しさん
レンガード様の麾下に入りたい。

629 名前：名無しさん
プレイヤーと交流したらもっとAIの頭良くなるから
次会うときは戦い方が変わってる可能性。
【状態異常】＋【地形変え】＋【魔法】の
パターンじゃなくなってるかも。

630 名前：名無しさん
えええ！
レンガード様がプレイヤーと交流なんて……っ!!

631 名前：名無しさん
交流フラグあるとしたら、今回戦った【烈火】だろうなぁ。

——以下略

あとがき

こんにちは、じゃがバターです。

今回も塩部様の、楽しそうで美しい表紙&口絵&挿絵で飾っていただいております。

内容は青竜ナルンのクエストと、闘技大会となっております。けっこう書き足したので、楽しんでいただけたら嬉しいです。

そして多分、おそらく帯に再びお知らせが……っ、あるはず……っ！　ドラマCD2でございます。再びの美声が……っ！

前回、録音現場にお邪魔してだいぶ衝撃を受けたじゃがいもです。声がつくとすごいぞ？　そしてキャラのイメージにぴったりなのはだいぶ幸せだぞ？

お骨折りいただいたスタッフの方々に感謝が尽きず、そして2が出るのは買い求めて聞いてくださった方々のおかげです。ありがとうございます。

もちろんお読みいただいている読者の方も！　おかげさまで無事6巻！

ホムラ：ドラマCD2だ
お茶漬：僕の活躍
ペテロ：相変わらず声優さんが豪華すぎるw
菊　姫：あてちが可愛いでし！
レ　オ：俺も俺も！

シン：俺も渋いぜ！
白　：我も人気じゃぞ
運営：……っ！　（どこからか声にならない声）
ホムラ：あれ？　何か今……気のせいか
お茶漬：オーディオブックもよろしくね☆
レオ：聴き比べだぜ！
ホムラ：こちらは演じ分けもすごい
シン：俺と同じ美声からのぉ
菊姫：あてちの「でし」を聞くでしよ
ホムラ：なんとか格好いいセリフを言わせたい欲望がこう……
お茶漬：それは無理
ペテロ：ｗｗｗ
ホムラ：くっ！　その「ふふふ」ダブリュー3連、読み方「へへへ」指定に変更してやるっ！
ペテロ：ちょ……っ
レオ：わははは！　八つ当たりだな！
シン：頑張れ、主人公！
菊姫：ドラマＣＤもオーディオブックも、「声は」格好いいから安心するでし

令和4年吉日　じゃがバター

巻末おまけ

コミカライズ第7話

▶ WE'VE STARTED A NEW GAME.

Presented by Jaga Butter
Illustration by Enishi Shiobe

第7話
前回のあらすじ
ボス倒したら
絡まれた
ちょっと
アンタたち
レベル
低いじゃない!!

ズ
私らが探している間にそんなんで倒したの!?
ばふっ
ばふっ
なんだこのヒs…目を背けたくなるプレイヤーは
ドッ
特に魔法剣士!
ズギャン
おっと
しかも名指しされた
低すぎよ!
何22レベって!?
ズケ
ズケ
うん まあ
昨日仕事だったしね
みんな25レベルで私だけ
さらに3低いからね
ズケ
プチッ
あたしがロイと競ってたのに横からかっさらって!

盾と回復の上手さに
助けられてます
知らんがな

そりゃそうでしょうよ!
精進して参ります
わははは
ありゃキレてんな!
ホムラ
機嫌が悪くなると
どんどん丁寧口調に
なるでしからねぇ…
ゴゴゴ
ハイハイ
そこまで
どうどう
何よ
うっさいわね
【動物魔物鑑定】が
レベル2の時点で
街中のプレイヤーレベルは
見えるし
相手が見たなら
こっちも見せてもらうまで
ちらっ
黒百合 レベル29…
お茶漬たちと4つ差は
序盤なら大きいのだろうな…たぶん
せっかくの勝負に
水を差すんじゃ
ないわよ!!
PLAYER
NAME 黒百合
LEVEL 29
JOB 聖魔法師

そんなんじゃ
どうせ
ダウンも取れて
ないいんでしょ!!
ギィーッ
ふん!
ぷいっ
やめろ
黒百合!
ぷんすこ
ぷんすこ
ぷんすこ
ぷんすこ
すまん…黒百合は
俺のパーティーと
ボス初討伐を
争ってたんだが
これが丸一日
見つけられなくってな…
気が立ってんだ
いつもは
もっと……

いやいつも
あんな感じかな
フォローは
最後までしろ
ところで
ロイたちって
ファストとセカンの
ボス討伐パーティー？
黒百合はサーの
ボス討伐者って
見たような
ああ
俺たちの
ことだ
黒百合《アレ》とは
友だちなの？
ファストの
フィールドボスを
倒したあとから
絡まれてな
※
レイドあったら
組もうって
パトカ交換はしたよ
※
複数のパーティーで
攻略するボス戦などのこと
ご愁傷様
せめて
ツンデレ
だといいね
どっちかってーと
ヤンデレに
なりそうだがな
刺され
ないように
するでし
ちょっ
それフォロー
じゃないだろ!!
聞こえてる
聞こえてる!!

フォローした
つもりはないし
初討伐を取ると色々な人が寄ってくるんだな
カワイイお店でし！
フォスは焼き物の街のようだな
稼いだ金がすぐに出ていきそうだからほどほどにね
たっっっっっか!!
450,000
ドンマイ
報酬とかのこともありますからね目をつけられるのはしょうがないよ
あの真っ赤な壺カッケーな!!
ギャーーす!!!
オイやめろ店に突入するなら僕がいない時にしろ!!
おっ

ここ鉱石とか売ってるぜ
さっきゲットした『玉鋼《たまはがね》』査定してもらわねぇか？
そうだね入手アイテムの価値は気になるし
見物は神殿登録のあとにしよう
カチャ
…こりゃあ驚いた
玉鋼なんて久々に見たぞ
国外でしか取れねぇシロモノでな
運がよけりゃ首都に入ってくるがとても手が出る額《がく》じゃねえ
買い取りすんならこれぐれぇにはなるな
ピラッ
5万!?

ペテロ…これさっきロイが言ってた…
ダウン報酬だね
そういえばダウン取ると何かあるの？
DOWN
一定以上のダメージを与えると敵がダウンして攻撃してこない状態になるんだが
それをやっとくと生産系のレアなアイテムを出すんだよ
レベル高くて攻撃力がないとダウン取るのは難しいだろうな
素材のランクも他より高いし間違いないと思う
だからやけにダウンがどうのと絡んできたのか
取れてないとか騒いでたけどポックに入ってるしな！
あの女…
ピッ
ピッ
ピッ
なあなあ おっちゃん こっちのアイテムも査定してくれよ！

昨日採掘した『月光石』！
月光石ィ!?
闇の女神ヴェルナと遭遇した場所で採掘した石か
げ
?
驚きのお値段でした
100,000
ペカ
じゃあじゃあこれはこれは!?
『月詠草《つくよみそう》』？俺ァ専門じゃねえから詳しくわからんが
月光石と同じランクだから同じ値段か保存効かんならもっと高ぇかもなあ…

キリッ
生産スキル上げよう
うん
扱うにはそもそもレベルが足りない感
さてと街の見物行く？
じゃあギルドで街中おつかいクエスト受けてかない？
見物もできて一石二鳥だし
〝チャッピーをさがして！〟
チャッピー？犬でも逃げたか？
食べられそう
口でかそう
この人数でペット探しなら余裕でし！

リスでした
そっち行ったでし!!
フォスの住人はリス好きなんだろうか……
ドイルとチッチ
ホムラ！考えるのはあとでいいから！

街中クエストなのに
いつの間にか
森に来てしまったし
ホムラーーッ!!
ゴッ
いってっと
真面目にせねば
QUEST MEMO
投げた実が当たると赤丸が付く
イラ イラ
コンのクソリス!!
イラ イラ イラ
シンは完全におちょくられてるな
避けんじゃねー!!
降りて来いゴルァ!!
QUEST MEMO
リスに攻撃が当たってしまうと依頼失敗
避けるならいいじゃない
来たッ!!

ああああああああああ
ズシャーッ
シーーーン!!
ハッ
わははははは!!

ガシャン
報酬の『属性石』『クルミ』です
ありがとうございました
お手柄…いや お口柄だったぞ レオ
わはははは
そろそろ現実時間は夕食の時間かな
宿屋で1回落ちて食後は各自自由行動にしよう
受付の人に宿屋聞いてくる
だな
おー
『属性石』いいなぁ あのリス通おうかな
先に進めば敵が落とすようになると思うけど
手間を考えたら進んじゃったほうがいいんじゃない?
あれ?
おーい!

ロイじゃん！
さっきぶり！
ああ
さっきぶり
どうしまちた？
宿屋の前で…
お前ら
この宿屋に泊まる
つもりなんだろ？
黒百合も
泊まるぞ
めっちゃくちゃ
絡んできた
ブッ
やだやだ
宿屋替えようよ
ぶーぶー
同意
絡まれたくない
ははは
俺たちも今から
宿替えするとこだから
よかったら一緒に
行かないか？
風呂優先したから
飯には期待できない
と思うけどな

次巻予告
秘密基地《クランハウス》を
探しに行こう。
と思ったら——
雑貨屋さんには
かわいい新メンバー
正式加入♥

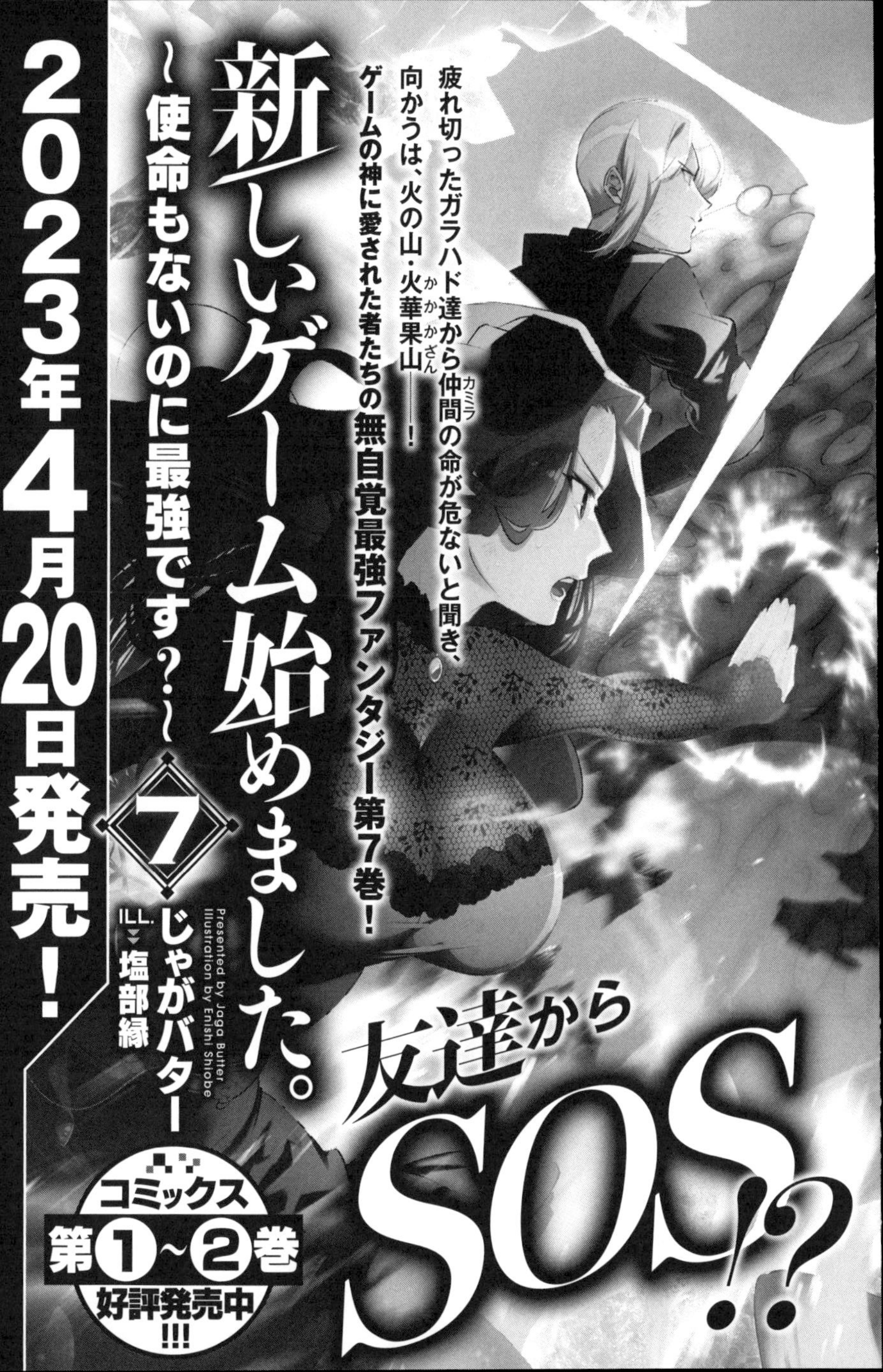
疲れ切ったガラハド達から仲間《カミラ》の命が危ないと聞き、
向かうは、火の山・火華果山《かかかざん》——！
ゲームの神に愛された者たちの無自覚最強ファンタジー第7巻！
友達からSOS!?
新しいゲーム始めました。
～使命もないのに最強です？～
7
じゃがバター
ILL. 塩部縁
Presented by Jaga Butter
Illustration by Enishi Shiobe
2023年4月20日発売！
コミックス
第1～2巻
好評発売中!!!

新しいゲーム始めました。～使命もないのに最強です？～6

2023年2月1日　第1刷発行

著　者　じゃがバター

編集協力　株式会社MARCOT

発行者　本田武市

発行所　TOブックス
〒150-0002
東京都渋谷区渋谷三丁目1番1号　PMO渋谷Ⅱ　11階
TEL 0120-933-772（営業フリーダイヤル）
FAX 050-3156-0508

印刷・製本　中央精版印刷株式会社

ISBN978-4-86699-737-7

Printed in Japan